擁抱世界正能量②

柬埔寨的 微笑力量

關麗珊　著

新雅文化事業有限公司
www.sunya.com.hk

擁抱世界正能量 2
東埔寨的微笑力量

作　　者：關麗珊
插　　圖：王恬君
責任編輯：陳友娣
美術設計：王樂佩
出　　版：新雅文化事業有限公司
　　　　　香港英皇道 499 號北角工業大廈 18 樓
　　　　　電話：（852）2138 7998
　　　　　傳真：（852）2597 4003
　　　　　網址：http://www.sunya.com.hk
　　　　　電郵：marketing@sunya.com.hk
發　　行：香港聯合書刊物流有限公司
　　　　　香港新界大埔汀麗路 36 號中華商務印刷大廈 3 字樓
　　　　　電話：（852）2150 2100
　　　　　傳真：（852）2407 3062
　　　　　電郵：info@suplogistics.com.hk
印　　刷：中華商務彩色印刷有限公司
　　　　　香港新界大埔汀麗路 36 號
版　　次：二〇一九年四月初版

ISBN: 978-962-08-7261-7
© 2019 Sun Ya Publications (HK) Ltd.
18/F, North Point Industrial Building, 499 King's Road, Hong Kong
Published and printed in Hong Kong

目錄

✦ 第一章　温柔的微笑 ✦

清晨的陽光灑遍大地，到處都是樹木的影子，一望無際的田野和陽光都讓人感到舒服。

狄安最喜歡早起出外曬太陽，即使天氣炎熱，還要落田幫忙，他依然開心。

偶爾感到不開心，狄安會跑到外面去，只要在泥地赤腳跑一陣子，出一身汗，所有鬱悶就會隨汗水流走。

狄安對爸爸沒有印象，依稀記得爸爸抱他跑來跑去。媽媽說爸爸是世上最好的人，臉上永遠掛上微笑，一如和煦陽光，人人都喜歡親近他。

狄安將媽媽的說話記在腦海，爸爸就是和煦的陽光，當陽光灑在他的身上，狄安就覺得爸爸跟他一起。

由於家裏太窮，爸爸沒有留下多少照片，有次家裏失火，連爸爸僅餘的照片都燒毀了。

年幼的狄安經常問媽媽：「媽媽，媽媽，爸爸的

眼睛是怎樣的？爸爸的鼻子怎樣呢？爸爸的嘴巴好看嗎？」

狄安的媽媽起初沒有回答，總是跟他談其他事情。無論兒子問多少遍，她都笑而不答。

直至狄安升讀小學，狄安看見同學都有爸爸，只有他沒有，日日回家都問爸爸的模樣，媽媽才跟他說：「爸爸很好看。」

「真的？」狄安聽到媽媽說起爸爸，連忙問。

「真的。」媽媽笑說：「我們結婚的時候，你爸爸和我去看國王的微笑石像，他說他笑起來也是這樣，我取笑他完全不似。」

「爸爸像國王嗎？」狄安問媽媽：「爸爸長得像國王嗎？」

「不像，你千萬不要跟其他人說。」媽媽說。

「噢。」狄安非常失望。

「不過，在我的心目中，他永遠是我們的國王，每次看見他笑，總是想起國王的微笑，你的爸爸笑起來，

跟石像的笑容有少許相似。」媽媽輕撫狄安的頭髮說。

「爸爸像國王。」狄安以肯定的語氣笑說。

「爸爸不是像國王，他是我們心目中的國王。」媽媽笑說：「你別跟任何人說，這是我們的秘密。」

「我不明白。」狄安抱住媽媽說。

「感情是不用明白的。」媽媽說。

「爸爸是國王，我呢？」狄安問。

「你是我的王子，弟弟也是我的王子，這些都是我們的秘密，可不要跟人說你是王子。」媽媽笑說。

「嗯。」狄安似懂非懂，點點頭，複述媽媽的說話：「秘密，我們的秘密，爸爸是國王，我是王子，弟弟是王子，媽媽就是王后。」

媽媽聽罷，緊緊抱住狄安，沒有說話。

「媽媽，抱得太緊了。」狄安抬頭望向媽媽，打算推開她，但見她不斷流淚，不覺驚惶失措，連忙問：「媽媽，你為什麼哭？媽媽……」

「媽媽沒有哭，媽媽是太開心了。」媽媽說：「我

的王子長大了。」

狄安不明白媽媽的心情，不過，他覺得媽媽的懷抱有説不出的溫暖，樂意伏在媽媽身上，他的心裏感到安穩踏實。

時日過去，狄安漸漸知道他們是貧困的農民，跟童話的王室相距甚遠。不過，他依然感到快樂。每天早上有太陽給他亮光和溫熱，好像爸爸給他擁抱，還有媽媽對他的愛護，更有弟弟喜歡他的，讓他知道他是家人心目中的王子，永遠都是。

狄安知道父母看過國王的微笑後，不時問媽媽相關事情，然而，媽媽知道不多，只是斷斷續續告訴他一些故事。他總想親身去看國王的微笑，從而想像爸爸微笑的樣子。

狄安和鄰居潘克在這兒出世，他們沒有想過在古代，這兒屬於古代盛世王朝領土。雖然這裏距離古城不太遠，但他們從來沒有到過古城，只能從明信片見過吳哥窟的樣子。

明信片是舊鄰家哥哥阿金從城市回來的時候，送給他們的。阿金在古城附近賣明信片多年，村民都説他儲了許多錢，可以一家人搬到城市居住。

除了明信片，阿金還帶來紅色膠波，約他們一起踢足球。

由於其他孩子要上學或落田，只有狄安和潘克逃學和偷懶，結果是三人足球，狄安和潘克對阿金，三個人穿拖鞋在沙地踢膠波，地上畫了兩個長方形做龍門。

阿金一個人做齊前鋒、中鋒、後衞和守龍門，狄安負責前鋒攻門，潘克做後衞和守龍門，由於阿金比他們年長三歲，手長腳長又跑得快，最終還是阿金射入一球勝出。

大家坐在沙地休息的時候，各自拿水壺飲水，阿金問：「你們記得第一個足球嗎？」

「記得呀，」潘克説：「那時候，你和我們一起踢足球，那個足球是你撿回來的。」

「我都記得，那個足球殘舊漏氣，經常要用口吹氣

入足球，踢一陣子又漏氣。」狄安笑説。

「就是那一個，吹氣的時間比踢波的還要多。」阿金笑説。

「你離開之後，我們還在踢那個足球。」狄安説。

「我們組成足球隊，真的，最多人的時候，每邊有五個人踢，還有一個守龍門呀。」潘克説得眉飛色舞。

「那個足球……」狄安想不出怎樣形容那個足球曾帶給他們許多快樂時光，想了好一會才説：「那個足球令我們好開心呀，可是，我們最終踢爛了那個足球，完全破爛，無法吹氣，我們才肯丟掉。」

潘克沮喪道：「我們的足球隊也就解散了。」

阿金靜靜地聽，安靜微笑。離開三年，狄安和潘克已經長到他離開村落的歲數，阿金覺得好神奇。

相對來説，潘克和狄安依然看見阿金比自己成熟得多，這次回來，更加像個大人，只是個子還是小孩模樣，沒怎樣長高。

阿金望向狄安和潘克説：「你們喜歡古城嗎？」

狄安和潘克瞪大眼睛，一起説：「喜歡！」

阿金從背包拿出兩張明信片，給他們一人一張，兩人高呼起來，開心不已，潘克手舞足蹈，不斷跟阿金説謝謝。

狄安拿到國王的微笑明信片，刹那間呆住了，隨即在腦海想像爸爸的笑容，好想立刻離開，拿回家給媽媽看，忍不住抱住阿金，連聲説：「謝謝，謝謝，謝謝你啊……」

阿金推他一把，站遠一步説：「不用誇張，一人一張明信片而已，不用再説謝謝了。」

「要説呀，媽媽看見一定開心。」狄安説。

潘克原本很喜歡自己的明信片，那是大樹從建築物生長出來，變成樹和建築物成為一體，不過，看見狄安的明信片後，覺得狄安的較漂亮。

「阿金，我……」潘克想説又不敢説。

「你想怎樣？」阿金問。

「我想要狄安的明信片。」潘克鼓起勇氣説。

「沒有啦，我還要送給其他朋友的。」阿金想了想說：「嗯，你們想跟我出去賣明信片嗎？師傅想要多個男孩幫手。」

狄安和潘克互望一下，他們都想出去掙錢的。不過，他們知道家人一定反對。更重要的是，他們並不捨得離開這兒的家人和朋友，無意跟阿金離開。

他們分別在腦海創作拒絕的理由，因為他們不想承認最重要的原因——他們沒有足夠勇氣走出去。

「我想跟你出去的，不過，媽媽要我照顧弟弟。」狄安想了想說。

「我好想掙錢，但我……」潘克還未說完，阿金已接下去說：「明白了，在家裏的日子一定比出外掙錢的好，你們比我幸運。」

「你才是幸運呀，你可以掙錢，我好羨慕你可以出去掙錢呀。」潘克說。

阿金苦笑，笑容是生澀的。

「那兒是怎樣的？」狄安問。

「我聽大人說，古代的古城曾經住了很多很多人，有許多石像和建築物。」阿金輕輕說。

「我知道，我知道，那些石像是國王的微笑。」狄安說。

「你怎樣知道？」阿金問。

「秘密。」狄安笑說。

阿金說：「大人說，王朝突然消失，變成傳說，沒有人知道確實位置，一直以為是傳說。」

「沒有人知道？」潘克問。

「足足幾百年呀，沒有人想過森林有建築物的。」阿金說。

「後來怎樣？」狄安緊張追問。

「他們說考古學家發現古城的。」阿金說。

「你懂得真多。」潘克說。

「我已經十三歲了。」阿金說。

「我十歲，」潘克數數手指，問：「你十歲開始在那兒賣明信片？」

阿金點點頭。

「掙許多錢啊。」狄安説。

「不。」阿金説。

「阿金好幸運啊。」潘克羨慕地跟狄安説，狄安點頭附和。

阿金皺起眉頭，想跟他們説日曬雨淋的苦況，卻不知怎樣説。

當潘克和狄安望向他時，他已經放鬆臉部表情，換上平日的微笑，就像跟遊客兜售明信片的時候，隨時可以給別人大大的笑容，可以稱為職業笑容。

阿金由苦笑到微笑的過程極快，快到兩個男孩看不見他的笑容曾有苦澀的味道。

「我羨慕你們有機會讀書才是。」阿金輕輕説。

「媽媽説，掙錢比讀書重要，讀書是無用的。」狄安説。

「我的爸爸和媽媽也是説讀書無用呀。」潘克隨即附和。

「我很少返學校，因為媽媽要下田，我要在家照顧弟弟，學校好遠，很少上學的。」狄安說。

「我要幫爸媽落田耕種，比狄安更少上學呢。」潘克說。

「你們要上學，不要浪費讀書的機會。」阿金說。

「媽媽經常說，落田好過讀書呀。」狄安說。

「師傅教我要讀書，他教我認字，我認得一些英文字的。我好想上學，不知多羨慕你們。」阿金說。

「你懂英語呀！」狄安和潘克一起說。

阿金忍不住大笑起來，這樣全心全意大笑，表情是天真的。

阿金隨即以平日討生意的語氣示範叫賣：「One dollar，one dollar……」

「很容易，我們學識了。」潘克說，然後，兩人一齊模仿阿金的語氣說：「One dollar，one dollar……」

「One dollar是多少錢？」狄安問。

「一美元，」阿金想了想說：「我不知道實際是多

少錢，我收到的錢都給師傅的。」

「One dollar，one dollar⋯⋯」潘克模仿叫賣的樣子大喊。

阿金笑起來，輕拍潘克肩膀說：「我就是認識這些英文單字，嗯，還有postcard，即是明信片，每日就是說one dollar，one dollar，postcard，postcard⋯⋯」

潘克苦笑道：「我學識啦，可以跟你出去掙錢就好了，one dollar，one dollar，很快掙夠錢和家人搬出去住。」

「不是這樣的，不是那麼容易。」阿金歎口氣說。

「我知道不容易，媽媽日日落田辛勞工作，但我們還是沒有錢。」狄安低聲道。

「掙錢很難，不會很快掙到很多錢。」阿金說。

「我知道，」潘克有點尷尬似的說：「嗯，我剛才說謊的，如果我跟爸媽說，他們會讓我跟你出去掙錢，但我好害怕。」

狄安所想的跟潘克一樣，低下頭來，沒有說話。

「沒關係，留在這兒讀書更好。」阿金說。

「我十三歲的時候跟你去工作。」狄安說。

「對，我們一起掙錢。」潘克說。

「現在有太多人四出賣東西，每個遊客身邊都圍了一大堆人賣明信片和各種紀念品，我們每日賣出的明信片不多，錢都給師傅，他給我們很少錢的。」阿金一口氣說。

「媽媽說你儲到很多錢呀，媽媽不會騙我的，你騙我們嗎？」狄安不解問。

「我沒騙你，你的媽媽也沒有騙你，她不知道實際情況。」阿金低聲說：「或者，我們叫賣商品，仍比種田多掙一點錢。」

「你可以接家人出去住啊。」潘克語氣誇張說。

「師傅說，現在太多人賣東西，他要更多人包圍遊客，讓我的爸媽出去幫手做夜市，爸爸不想再落田了。」阿金說。

「住在城市的人不落田，有飯食嗎？」狄安問。

「有，比鄉下的米飯美味多了。」阿金笑説。

「味道怎樣的？」狄安問。

「嗯，白米飯好香的。」阿金説：「不是灰黑的米碎飯啊。」

「好想到外面吃一次飯啊。」狄安説。

「爸爸説每次收成都要將最好的米賣出去，可是，掙到的錢，不夠一家人吃飽呀。」阿金説，他一直不明白最好的米為何不留給自己吃。

「媽媽也是這樣説，她説爸爸早死，她耕田辛苦，收成少，我們要吃賣不去的米呀。」狄安説。

「爸爸一直想離開這兒，就是他要我問師傅的。」阿金説。

「我家的米都是灰色的，爸爸説，賣掉最好的米，才夠錢交田租，我其實不明白的。」潘克突然插話。

「師傅讓我們一家出去，還可以多帶一個或兩個男孩。」阿金看見潘克感興趣，再度游説。

「我……」潘克有點動搖。

「你可以跟我出去工作，有白米飯呀。」阿金説。

「耕田真是辛苦，種出最好的米要賣掉，我們一家人食的是碎米壞米，我好想試試白米飯的味道。」潘克重複説。

「我以前都沒有吃過白米飯。」阿金説：「師傅説，如果我可以多賣一些明信片和精品，他會多讓我吃白米飯。」

「白米飯一定香噴噴的。」狄安笑説，鼻子像嗅到香氣一樣深深吸幾口氣，差點流口水了。

阿金看見狄安饞嘴的模樣，不禁大笑起來，説：「去嗎？」

狄安深深吸一口氣，堅定説：「不去。」

「潘克呢？」阿金問。

潘克想了好一會，説：「不。」

阿金笑説：「不去就不去吧。」

「下次可以帶點白米給我們看看嗎？」狄安問。

「我不會再回來。」阿金説。

兩人同時流露失望神情，阿金拍拍他們的肩膀說：「你們努力讀書，將來日日有白米飯食啊！」

　　「誰說的？」潘克問。

　　「個個大人都這樣說。」阿金以肯定的語氣說。

　　「老師也是這樣說的。」狄安說：「潘克，你忘記了嗎？」

　　「老師說的時候，也許我沒有上學。」潘克說。

　　「你們不要再逃學了，」阿金說：「我不知多渴望上學。」

　　「班裏個個都逃學，我並非不想上學，老師待我們依然好，老師說勤力讀書有前途，但我要照顧弟弟呀。」狄安說。

　　「有前途即是有白米飯食嗎？」潘克說。

　　「有前途即是什麼都有。」阿金說。

　　「老師沒有說白米飯，我怕有前途但是沒有白米飯啊！」潘克說。

　　阿金大笑起來，沒有回答。

「老師説有前途是讀中學呀。」狄安敲敲潘克的頭殼説。

「讀中學之後，就有白飯食嗎？」潘克説。

「你們的老師真好。」阿金説。

「老師很好，還很漂亮呀。」潘克説。

「全間學校最漂亮的是齊樂兒老師，她待我們很好，會借圖畫書給我們看，她説，只要努力讀書，説不定我們可以讀中學呀。」狄安説。

「你們加倍努力，可以讀中學就好了。」阿金低聲説，他多麼希望自己有讀書機會。

「嗯，狄安，我們一起努力，一起讀中學，一起吃白米飯。」潘克説。

「不要讓老師失望。」狄安點點頭説。

阿金淺淺一笑，彷彿沒有笑過似的，拍拍狄安和潘克的肩膀説：「我要走啦，不知哪天再見。」

「我們可以去找你。」狄安笑説。

「對，我們可以去你工作的地方找你的。」潘克連

忙附和。

　「我現在還可以在入口附近賣明信片，師傅說，遲點未必可以，他說競爭大呀！」阿金最後一句模仿師傅的語氣說，在稚氣未除的臉上顯露別人的風霜。

　「我們可以找遍全部入口的。」潘克說。

　「那兒很大很大的，你們要找一日呀！」阿金道。

　「不可能，」狄安不服氣說：「我由村頭走到村尾都不用半日，怎會有地方比我們的村子大？」

　阿金大笑起來，看見他倆的天真表情，更是笑得彎下腰來。

　「別笑了，」潘克說：「那裏不可能比我們的村落更大吧！」

　「比村落更大，更大，」阿金說：「大許多，隨便一個石像都比幾間屋大，還要高幾倍。」

　「你騙人，」狄安無法想像比村落更大的世界，生氣道：「不可能更大。」

　阿金苦笑說：「你們有一天來到，親眼看見的話，

自然明白。」

「好呀，我們會去找你的。」潘克豪氣說。

「好，那時候，希望我還在古城入口附近工作。」
阿金說。

「就算地方比我們的村落大很多很多，我們都可以
找到你的。」狄安說。

阿金拍拍他倆的手臂，輕輕一笑，轉身準備離開。

「你忘記帶走膠波啦。」潘克說。

「送給你們。」阿金說。

「多謝呀！」狄安說：「多點回來呀。」

阿金想轉身說他剛剛說過不會回來，但最終沒有轉
過身來，聳聳肩走了。

在潘克和狄安的心目中，阿金永遠帶來快樂，永遠
有不同的笑容，永遠為他們帶來新事物，因為，他們看
不見阿金的哀愁。

他們由那天開始將阿金帶來的明信片看了又看，彷
彿自己到過古城很多很多遍，儘管他們想像的古城細小

得多。

　　潘克和狄安經常拿阿金的膠波去到沙地，跟幾個同學一起踢波，由於穿拖鞋，每個「足球員」的雙腳都是傷痕累累的。

　　狄安有次追波跌倒，重重壓在膠波上，膠波就這樣被他即時壓爆。

　　「噓，以後不能踢波了。」幾個同學一起喝倒彩，隨即各自回家。

　　狄安痛得躺在地上，看見潘克緊張地走近問他：「有得救嗎？」

　　「有，不過好痛。」狄安說。

　　「我問個膠波有得救嗎？」潘克說。

　　狄安氣得躺在地上，不願起來了。

　　「沒有膠波，以後多點上學。」潘克說。

　　狄安想起阿金的鼓勵，望向天空說：「對，多點上學，有前途，有白飯。」

　　潘克扶起狄安，從此以後，他們盡量上課。潘克跟

父母説要上學，父母寧願辛苦一點，都讓孩子上學。狄安的弟弟可以讀書後，狄安帶同弟弟一起上學，不用留在家裏照顧他。

政府的免費小學設備簡陋，許多小學生畢業後仍未懂得寫自己的姓名，很少人可以升讀中學。儘管如此，不少學生還是爭取時間上學。

潘克和狄安比較幸運，雖然不時缺課，但他們仍可遇上好老師齊樂兒。聽過阿金的教訓後，潘克和狄安開始勤力上學，不斷借閱課外書，漸漸變成老師眼中的好學生。

齊老師得到外國人資助到城市讀中學，畢業後，大部分同學在城市求職，只有她樂意返鄉下教學，希望其他孩子像她一樣有機會讀中學。

十九歲的齊樂兒是年輕教師，但她並不滿足於現在的生活，她有更大的理想。每日努力教書，同時努力讀書，希望考取獎學金到首都讀大學。此外，她還夢想有天到外國讀書，希望可以教導更多學生。

所以，她經常將看過的小說借給學生閱讀，可惜，許多學生都忙於家務或落田，對讀書興趣不大，只有狄安和潘克不斷借書，更主動提出借閱英文童書。

　　狄安和潘克看見老師在書上寫字，經常在英文字旁邊寫上解釋，覺得每個文字都獨特有趣。即使童書插畫精美，狄安和潘克仍然喜歡文字。他們感到圖畫不及想像的畫面色彩繽紛，閱讀文字可讓他們在想像的世界自由飛翔。

　　因為遇上好老師和阿金的鼓勵，狄安和潘克開始認真讀書，漸漸萌生離開村落的想法。他們希望跟老師一樣到城市讀中學，甚至有天可以跟老師的夢想一樣讀大學。當然，最重要的是日日食白米飯。

　　在大家對未來充滿期待的時候，沒有人想過噩運會無聲無息掩至。

　　那是普通的星期六下午，陽光普照，天氣炎熱，跟平日一樣，每天總會下雨一陣子，下午再度放晴。

　　這天不用上學，不過，齊樂兒願意用公餘時間為兩

個上進的學生補習。

狄安和潘克在下午不用落田，可以到學校跟老師學英文，他們開始懂得感謝老師幫助他們，讓他們有機會升讀中學。

正午陽光猛烈，太陽從頭頂曬下來，陽光灑在身上令皮膚發熱，不過，齊樂兒早已習慣，一邊徒步回校一邊在腦海重溫準備教學的內容。

當她走到學校附近的時候，一輛名貴房車在她身旁駛近。

齊樂兒走在路邊，馬路有足夠空間讓名貴房車駛過，然而，司機正在拿手機傾談，只用單手駕駛。跟他傾談的是他的女朋友，兩人為小事吵架，司機生氣不已，不斷大聲喝罵手機另一端的女友，根本沒有留意路面情況，汽車走得歪歪斜斜，冷不防從後撞倒齊樂兒。

一聲巨響，齊樂兒慘叫倒地，鮮血汨汨流出，染紅沙石堆成的路。

司機擲下手機，連忙煞停汽車，深呼吸幾下後，才

從汽車走下來。

　　他走在齊樂兒附近，看見四周沒有其他人，鬆一口氣，隨手拋下幾張鈔票，抹一抹汗，慌忙走上自己的汽車，駕車絕塵而去。

　　齊樂兒腦裏一片空白，只覺全身劇痛，雙腿尤其痛楚，無法爬起來，躺在地上呻吟起來。

　　起初是雙腿痛到難以忍受，然後是雙腳逐漸麻木，好像不是她的。齊樂兒感到血液從不同的傷口流走，體溫也隨血液慢慢流失，覺得四周越來越凍，儘管陽光灑遍大地，齊樂兒只覺全世界都變成黑色，以為自己會就此死去。

　　狄安和潘克早已到達學校，他們一直在泥水地的教室等候老師，驀然聽到一聲巨響和緊急剎車的聲音，連忙跑出來看個究竟。

　　他們看見有人躺在地上，走近只見一片血紅，然後看見齊樂兒老師躺在血泊中。

　　「啊，老師呀！」潘克更嚇得尖叫起來。

「冷⋯⋯靜，冷⋯⋯靜⋯⋯」怕得牙關打顫的狄安顫聲說。狄安聽到潘克驚呼，怕得發抖，卻想叫潘克冷靜下來。

心裏非常恐懼的狄安和潘克對望一眼，潘克稍為鎮定起來，隨即明白要儘快幫老師止血，潘克揚一揚手，示意跑去找大人，狄安即時明白，跟他點點頭。

狄安記得媽媽有次在田邊跌倒，膝蓋流血，即時摘下頭巾，用頭巾包裹膝蓋止血。現在看見老師大腿流血不止，卻想不出什麼方法，只好脫去上衣，壓在老師腿上流血的部位，看見手上的汗衫隨即變成紅色，忍不住哭起來。

潘克用盡全身氣力跑去找大人協助，遇上一輛篤篤車（Tuk Tuk），連忙截停車伕，一邊喘氣一邊用手比畫，緊張得說不清楚，斷斷續續跟車伕說：「救救⋯⋯救我的老師，嗚⋯⋯救救我的老師⋯⋯」

車伕隨潘克手指的方向望過去，看見路上有人流血昏迷，同時看見地上的幾張鈔票，二話不說走近，只見

一個男生用汗衫按住傷者的傷口哭泣。

狄安抬頭望見車佚，眼淚流得更密，想求助，但説不出話來。

車佚沒有説話，撿起地上的鈔票，然後將齊樂兒抱上車，衣物隨即染滿血漬。

狄安不斷抹眼淚，潘克拍拍他，原本想安慰他，卻忍不住一起哭。兩人連忙走上車坐好，車佚將他們載到附近的醫生診所去。

車佚停車後，沒有穿上衣的狄安率先跳下車，跑去拍門，醫生剛巧走出門外，準備外診，正好見車佚將齊樂兒抱到門外。醫生心知不妙，即時用外診藥箱的紗布為她止血，然後問：「她有家人嗎？」

「不知道。」潘克和狄安面面相覷，近乎齊聲説。

「她有錢嗎？」醫生問。

「這兒有。」車佚抽起車資所需的錢後，將餘下的染血鈔票交給醫生。

「你們還有錢嗎？」醫生問。

兩個男孩不斷抹眼淚，只管搖頭。

「這些錢不足夠讓她去醫院做手術。」醫生説。

「救她……求你……」狄安顫聲道。

「她的情況要去醫院做手術，你們先去醫院吧。」醫生説。

「我只能夠幫到這地步，」車伕説：「我要去找生意了。」

「求你……求求你載齊老師去醫院啦！」狄安拉住車伕的手説。

「去到醫院都不夠錢做手術，我要養家的，我要載客掙錢呀。」車伕無奈説。

「救齊樂兒老師呀！」潘克哭道。

「她這樣年輕，我都不忍心的。這樣吧，我免費載你們一程去找她的家人。」車伕歎口氣説：「我不能做更多了。」

潘克望向一臉茫然的狄安，狄安同樣不知所措，醫生説：「你免費載她去醫院，告訴醫生用盡這點錢，醫

到多少是多少。」

車伕歎了歎氣説：「醫院距離那麼遠，今日無生意就無錢交車租呀。」

「快點送她去醫院吧！」醫生將染血的錢都交給車伕，再跟車伕説。

大家看見醫生沒有拿走鈔票，醫生是免費幫忙的，還賠上紗布和止血藥。

車伕歎了歎氣，喃喃自語：「真倒運。」

「這個小姑娘才是不幸，快去醫院，就當作行善吧。」醫生説。

車伕不再説話，隨即抱齊樂兒上車，感到她身上的血已經乾了，狄安的上衣變成紅色，在太陽曝曬下也變得乾和硬，醫生走近篤篤車，將狄安的上衣蓋在齊樂兒身上給她保暖。

狄安和潘克想上車，醫生示意他們留下來。

車伕趕快載傷者到醫院去，在路上不禁唉聲歎氣。

遇上她，他少一日收入，家人要捱餓。然而，這樣

年輕的姑娘遇到車禍，一生就改寫了。車伕很同情她，如果有錢，他樂意給她醫藥費，但他窮得沒有錢讓孩子上學，自身難保，只能盡力送她到醫院去。

醫生目送他們離去後，看看身上的衣物也沾上鮮血，很快變成乾巴巴的啡紅色。看見呆站的狄安身上沒有上衣，關切問：「冷嗎？」

「今日好熱，太陽曬在身上是熱的。」狄安為齊樂兒的傷勢擔憂不已，早已忘記沒穿上衣是冷是熱。

「真是好孩子。」醫生說：「放心，沒有生命危險的，但她的腳……」

「老師的腳怎樣？」狄安緊張追問。

「快去通知她的家人，提提她的家人帶錢去醫院找她。」醫生輕拍狄安的手背說。

潘克知道醫生沒有收錢，感激地望向醫生說：「謝謝你。」

醫生微笑，沒有說話。

狄安和潘克看見醫生的笑容，感到極大安慰，讓他

們相信老師沒有事的。

醫生看見篤篤車消失在視線範圍後，轉頭望向潘克和狄安說：「你們懂得走路回家嗎？」

潘克有點猶豫，狄安點點頭說：「我懂。」

「你們記得趕快找到她的家人，拿手術費到醫院去，這兒只有一間醫院，個個大人都會知道在那兒的。」醫生說。

「謝謝醫生。」潘克說。

「謝謝醫生，謝謝你沒有收齊老師診金，全部交給車伕拿去醫院。」狄安說。

「你們真是細心的孩子，竟然留意這樣的小事。」醫生說：「其實，我想收回紗布和止血藥的錢，好想收點錢，但我不忍心收她的錢。」

「醫生，待我掙到錢後，我會將診金還給你的。」狄安說。

醫生微微一笑，說：「快去找大人，她的家人要儘快籌錢去醫院讓她做手術的。」

「嗯，知道了，謝謝醫生。」狄安和潘克一起點頭回應。

「走在馬路旁邊要小心車輛，現在的有錢人胡亂駕駛，撞倒人就走，頂多放下少許錢，心態太可怕。」醫生說。

「謝謝醫生，我們會小心的。」狄安說：「醫生，我一定會幫齊老師歸還醫藥費的。」

醫生寬容一笑，仰望藍天，心裏為年輕生命的跌盪而歎息，早已知道無法收回醫藥費和診金，但一切微不足道。

醫生低頭看看染血的上衣，心想，沒有時間回家更換衣服，只好穿上這樣的衣服前往病人家中應診。

狄安和潘克徒步回家的時候，剛巧下了一場大雨。他們站在一旁避雨，狄安冷得發抖，潘克脫下汗衫給他說：「你穿一陣子。」

「你不冷嗎？」狄安問。

「不冷，剛才曬得冒煙，現在正好清涼一下。」

狄安穿上汗衫，説：「爸爸的笑容一定像剛才那個醫生。」

潘克知道狄安沒有見過爸爸，但也點頭説：「一定是。」

狄安笑説：「一定是這樣笑的，希望老師沒有事，我好喜歡看老師笑的。」

「無事的，一定無事。」潘克説，好像在安慰狄安，實際是安慰他自己，站在那兒不斷説：「無事，一定無事。」

兩個害怕得顫抖的孩子互相依靠，望向眼前的大雨，默默等候雨過天晴。

儘管不知道大雨何時會停止，他們在心底裏依然相信很快重現太陽的。

第二章　可愛的笑臉

余正堂還記第一次來到村莊時，剛巧看見幾個孩子赤足或穿拖鞋踢球，他呆在那兒不懂得反應。

村童的龍門是畫在地上的，五個孩子穿上衣，六個沒有，明顯分成兩隊，人數是隨意組合的。

一羣孩子追逐紅色膠球來踢，幾個男生的腳掌已經擦傷流血，可是他們渾然不覺痛楚，跑來跑去，踢得開心不已。

那次比賽是穿上衣的勝出，大家歡呼後，一起飲自己帶來的清水，有幾個躺在泥地上休息，個個說得眉飛色舞，好像剛剛踢的是世界重要賽事似的。

余正堂想起他有很多名牌球鞋，但很少戶外運動，除了讀書要上體育堂。他從來沒有像村童那樣奔跑、流汗和大笑，從來沒有，一次都沒有。

幾個護士義工跟經當地的翻譯老師閒聊，老師說：

「農村的孩子沒有什麼娛樂，沒有手機，沒有電腦，有些孩子的家裏甚至沒有電視機，他們最喜歡踢足球。」

「為什麼不穿足球鞋踢波呢？」義工張玲問。

老師一怔，正在思考如何回答，張玲意識到自己問了愚蠢的問題，就如問沒飯食的人「何不食肉糜」，連忙說：「不如我們收集二手足球鞋送給他們，好嗎？」

老師笑說：「先代孩子謝謝你們。」

余正堂聽到他們的對話，決定為孩子建立足球隊。

義工回到自己的城市後，開始網上募捐二手足球鞋，張玲有朋友開製衣廠，願意贊助新球衣。

幾個月後，余正堂第二次跟護士義工團隊去村落時，帶同許多物資前往，包括二手足球鞋和新的球隊製服，他們前往附近幾條村落，為孩子組成不同的足球隊，分為男子組和女子組，還有不同年紀的組別。

小學生足球隊的成員最開心，中學生的反應比較隱藏，青少年不會像小孩一樣坦率流露感情，小學生得到適合的足球鞋就高興得又跳又叫，中學生大多只是微笑

道謝。

余正堂加入義工團隊服務兩年後，看見村落不但有足球隊，還有免費英文補習，附近村莊的孩子都可以前來學習，很是高興。

護士義工團隊衡量服務進度之後，認為可以做得更多，決定實行願望成真計劃。這裏的小孩可以寫信給他們說出願望，在能力範圍內，他們都會讓孩子的願望變成事實，並教導孩子正確的學習方向。

當地老師收集孩子寫好的信，先行翻譯，然後交給前來的義工。

這次跟余正堂同行的是兩個白衣天使，大家看罷孩子的來信，忍不住捧腹大笑。

年資較深的張玲說：「想不到他們有這些願望。」

「就是啊，沒有一個貪心的。」剛入行做護士的徐雅曼回應。

「我看了幾封信，都是希望出外吃一次飯，這算是哪門子願望呢？」余正堂笑說。

「這個妹妹的願望是儲夠錢給媽媽買新頭巾。」張玲説：「如果我有這樣乖巧的女兒，我一定開心。」

「這個男生希望長胖一點，」徐雅曼笑説：「在我們的城市天天聽人嚷着減肥，怎會有人夢想增肥呢？」

「有些孩子不知道願望的意思啊。」張玲説。

「讓他們保留單純想法好了，」徐雅曼説：「他們還有童真啊。」

「我們只要用一天薪金，就可以達成他們的願望，並不困難。」余正堂説。

「我們要安排得好一點，不能誘發孩子不勞而獲的觀念啊。」張玲説。

「對。」余正堂附和説：「我們可以視作獎勵，學生要用功讀書，我們才會達成他們的心願。」

「好呀。」張玲點頭説。

「你們看，這兩個孩子的願望可是真的？」徐雅曼揚揚手上的信説。

三人輪流細讀兩封信，一看再看，兩個孩子願望一

模一樣，就是希望得到二手輪椅，無論多麼殘舊都可以，因為他們的老師被車撞倒，已經兩年，她的右腳傷口無法痊癒，一直不能走路，只能留在家裏。他希望有二手輪椅，跟同學一起推老師出外曬太陽。

徐雅曼説：「這兩個孩子懂得關心別人啊。」

「我有辦法送給好老師二手輪椅。」張玲説。

「你怎知道她是好老師呢？」余正堂問。

「如果是差勁老師，學生會這樣做嗎？」張玲説：「兩個男生知道一人只能寫一個願望，他們沒有寫自己的願望。」

「既然是好老師，我們可以籌款買新輪椅。」徐雅曼説。

「不送輪椅，我要送她一雙可以重新走路的腳。」余正堂充滿自信地説。

張玲和徐雅曼一下子呆住了，她們沒有想過可以給好老師重新走路的機會，張玲説：「可以嗎？」

「先要嘗試，才知是否可以。」余正堂説。

「好吧，我們送她一雙可以走路的腳。」張玲說。

「說不定可以跑步。」徐雅曼說。

「說不定可以跑全程馬拉松。」余正堂說。

張玲和徐雅曼一起大笑，笑過以後，張玲說：「你別誇張。」

「只要目標正確，凡事可成真呀。」余正堂說。

「我們要面對現實，她傷了兩年，傷口無法埋口，我們可以做到多少是多少而已。」徐雅曼說。

「對，我們要認清事實，先去探望她，看看她的傷口情況。」張玲說。

「好，即刻去。」余正堂說。

「你少誇張，」張玲沒好氣說：「我們突然探訪會嚇壞人呀，先跟翻譯老師約個時間跟她見面吧。」

「好，我先聯絡我女友的醫生團隊，看看這兒有多少資源幫助她。」余正堂說。

大家有了共識之後，分別行動，余正堂跟醫生團隊商議，張玲聯絡翻譯老師，徐雅曼繼續埋首拆信，看看

其他孩子有什麼夢想。

張玲致電翻譯老師：「有個孩子的願望是給老師二手輪椅，我想有多點資料。」

老師回應：「翻譯狄安寫給你們的願望時，我感到十分欣慰。我同樣希望你們可以送二手輪椅給齊樂兒，她曾經是我的學生，更是村裏第一個有機會讀大學的女孩，可惜家貧，她要教書儲錢，還要考取獎學金，才可以繼續升學。」

「連教過她的老師都喜歡她，真是難得。」張玲讚歎說。

「齊樂兒在十七歲開始教書，兩年來深受學生愛戴，沒料到一場車禍令她無法再站起來。」老師說。

「車禍是怎樣的？」張玲問。

「沒有人當場看見，據說是名牌房車撞傷她的。我們村落沒有名牌汽車，司機一定是外來人，他只是丟下少許錢就走了。」老師說。

「怎麼可能，如果在先進國家，司機危險駕駛會

擁抱世界正能量

被停牌,甚至入獄的,司機還要負擔傷者的全部醫藥費。」張玲生氣道。

「就算知道司機是誰,窮人都不可能追究。」老師慨歎道。

「不可能吧。」張玲説。

「他丟下少許錢,總比沒有好。」老師説:「幸好齊樂兒的兩個學生在附近,即時求助。」

張玲有點激動,但再大的憤怒也於事無補,只好説:「我們想跟她面談。」

「好,我會安排,如果她有二手輪椅,就可以再出來教書,人生自不一樣。」老師説。

家訪當日,翻譯老師帶同三個義工前往齊樂兒的家,她的媽媽和兩個學生狄安和潘克已經在那兒等候。

余正堂以為窮人的家自然髒亂,但見環境几明室淨,稍稍詫異。

張玲先跟齊樂兒和她的媽媽握手,然後用英語問她的情況。

齊樂兒以流利英語回答，不用翻譯老師幫忙。

由於三名義工都是護士，他們仔細檢查齊樂兒雙腳的傷口後，在隨身藥箱拿出藥物和紗布幫她清洗消毒，然後重新包紮傷口。

余正堂以英語說：「你的傷口經過撞傷、骨折、發炎和細菌感染……」

張玲輕責余正堂，說：「你別說得那麼嚴重，嚇壞人的。傷口確實有問題，要做大手術才有望埋口，我們會負責一切費用送她去首都的醫院。」

齊樂兒雙眼通紅，忍不住哭起來。

她的媽媽不明白他們說什麼，表情異常焦急，聽了翻譯老師講解後，同樣哭起來。

「你們別哭，幸好你的學生寫信給我們，再拖下去，就要截肢了。」徐雅曼說。

「你說得更恐怖啦。」余正堂責罵她。

齊樂兒邊哭邊說：「我們是開心得哭起來，太過快樂太過突然，不知道怎樣表達。」

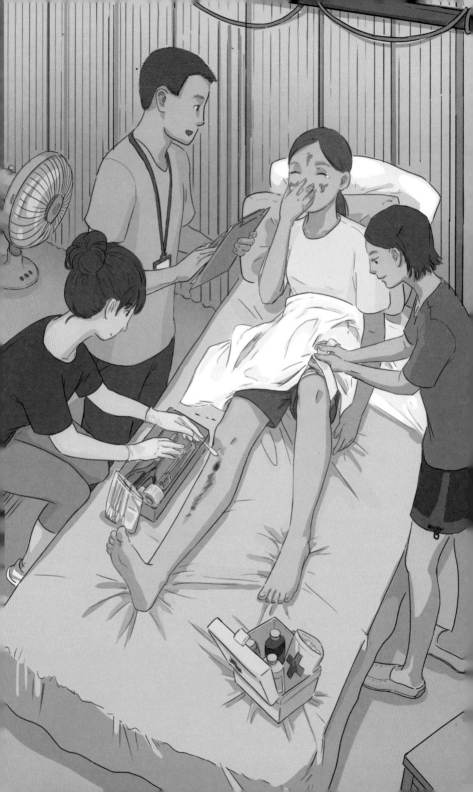

三個義工鬆一口氣，余正堂説：「放心，我們會照顧你們的。」

齊樂兒破涕為笑，跟學生道謝。

狄安和潘克知道齊樂兒老師有機會痊癒，開心得跳來跳去，樂兒笑説：「你們別變得像猴子一樣，失禮人呀。」

狄安和潘克隨即安靜下來，他們知道那是重要的事情，不能搗蛋的。

張玲跟朋友以母語輕輕説：「女孩子臉上有疤痕不太好，我們有資源讓她整走疤痕嗎？」

「有，一定有。」余正堂説。

大家聽不懂他們説話，齊樂兒尤其緊張，連忙説：「其實，如果……如果我可以得到二手輪椅，我已經很感謝你們，不用花錢做手術的。」

余正堂轉以英語説：「我們不但要給你一雙可以走路的腳，還要給你整容手術，讓你臉上的疤痕消失。」

齊樂兒覺得太好的事情好得不像真實的，一時間以

為自己發夢，又覺得那些外地人隨口説説，他們離開後，她就繼續坐在家裏過生活，世上怎會那麼容易願望成真呢？

張玲跟翻譯老師説話一陣子，翻譯老師跟齊樂兒媽媽説：「他們會安排交通和食宿，你可以陪女兒一起去首都，無論逗留多久，他們都會負擔費用。」

齊樂兒和媽媽聽罷，激動不已，翻譯老師安撫她們的情緒説：「冷靜一點。」

齊樂兒以英語説：「我有機會一定還錢的。」

張玲以英語回應：「你不用還錢，待你有能力幫助別人時，你去幫助有需要的人就是。」

齊樂兒跟母親解釋，她幾乎想跪下來道謝。

大家嚇得彈起來，翻譯老師笑説：「你別嚇壞客人啊。」

余正堂跟齊樂兒説：「我們先回去聯絡和預備，你和媽媽收拾一些簡單的行李，希望明日可以乘車去首都的醫院。」

齊樂兒點點頭，示意潘克和狄安幫助她坐在椅子上，讓她送客。

徐雅曼指住椅子以英語問：「誰造的？」

「我們造的。」潘克指指狄安，同樣用英語答。

余正堂問：「你們有什麼願望？」

狄安說：「老師⋯⋯」

張玲說：「不是祝願老師的，是你們的。」

狄安想了好一會，說：「我想食白米飯。」

潘克點點頭，表示一樣。

大家以為聽錯或會錯意，怔住了。

翻譯老師重複狄安的說話，三個外地義工、翻譯老師和齊樂兒都大笑起來。

齊樂兒的媽媽不知道他們為什麼大笑，只覺今日實在太開心，跟隨他們笑起來。

潘克和狄安互望一眼，看見個個大人都笑，兩人都先後大笑，笑聲會感染別人，笑容可以傳播開去的。

「好。」張玲以英語說：「我們明天再來，安排好

一切後，大家一起乘車去餐廳吃飯。」

整間屋的人都心花怒放，無論是否明白她的說話，大家都知道是好事。

回到住宿的地方，余正堂再度致電女友張美儀，她說：「不知是當事人幸運還是你們幸運，剛巧有外國醫療團隊前往那區服務，我已經為她報名，你們將她送到那兒就是。」

「謝謝你。」余正堂說：「一定是她幸運。」

「你別答應太多，說得太好，做不到的話，她們反而會失望。她受傷超過兩年，或者已經肌肉萎縮，無法再次走動的。」張美儀說。

「她一定可以再次走路的。」余正堂說。

「你哪來信心？」張美儀問。

「她很努力，只要有人扶她一把，她就可以再學走路的。」余正堂說：「還有，她臉上有幾道車禍形成的疤痕，可以聯絡整容醫生嗎？」

「你答應那麼多事情？」

「不算答應。」余正堂説:「沒有人要求整容,我也沒有答應什麼,但我們都希望做到。」

「我聯絡朋友看看。」張美儀沒好氣説。

「你認識他們的話,自然知道我們是對的。」余正堂説。

「知道了,你做的永遠是對的。」張美儀笑説。

「我最幸運是有你這樣的女友。」余正堂笑説。

「傻瓜。」張美儀笑住掛線,余正堂只管緊握手機傻笑。

同一時間,齊樂兒和媽媽在家緊張不已。

齊媽媽不斷聯絡僱主和債主,跟他們解釋整件事,表示要陪女兒去首都的大醫院做手術。

沒有人相信齊媽媽的説話,大家都説是假的,齊媽媽跟不同的人説同一句話:「我信任他們。」

齊樂兒讓媽媽準備行李,原本想早點睡覺,但緊張得無法入睡。

「快睡覺,幹嗎張開眼睛?」齊媽媽説。

「媽，如果我的手術失敗，你也別難過啊。」齊樂兒説。

「無論結果如何，媽媽都會接受。」齊媽媽説：「你身體差，快點睡覺，明天要乘車幾小時啊。」

齊樂兒微微一笑，這兩年來，感謝媽媽的説話已經説得太多，她希望可以再次工作，用行動報答媽媽。

「快閉上眼睛睡覺，明天是幸運日。」齊媽媽説。

「媽，無論以後如何，我都是幸運的，因為有你做我的媽媽。」

齊媽媽感觸落淚，又忍不住笑起來。

「媽，你別又哭又笑。」齊樂兒笑説。

「這真是神奇的一日啊，樂兒，你一定可以再次走路的。」

「嗯，一定。」樂兒笑説。

齊樂兒和媽媽忙了半晚，終於可以放心入睡，她們在夢鄉的時候，張玲還在忙碌。

由於他們假期不多，他們不會陪同齊樂兒母女到首

都去，只能安排汽車接載她們由村落駛到在首都預訂的旅館。然後，第二日會安排外國醫療團隊的人去接齊樂兒到醫院檢查。

張玲不斷重看資料，因為所有時間和地點都要認真核對，以免出錯。

翌日清晨，三個義工一起吃早餐，然後乘車到齊樂兒的家，只見她和母親穿戴整齊等候。

余正堂以英語問：「吃過早餐沒有。」

「吃過了，你們呢？」齊樂兒反問。

「我們都吃過了。」張玲回答：「你們可以出發吧，早點到達首都更好。」

齊媽媽給樂兒一袋東西，樂兒雙手送給張玲説：「這是媽媽種的稻米，粗糧，希望你們喜歡。」

「不用了，你們留下。」徐雅曼在旁説。

「謝謝，我們會帶回去煮食。」張玲雙手接過一小袋米，笑説。

余正堂看見汽車駛至村屋，輕輕問：「你不介意我

抱你上車？」

　　齊樂兒點頭説：「當然不介意，麻煩你。」

　　余正堂抱齊樂兒上車，齊媽媽手裏提着行李，尾隨鑽入車廂。

　　張玲給齊樂兒一個信封，説：「這兒有聯絡資料和少許現金，車程數小時，司機會載你們去旅館，我們已經付了車資和住宿費。」

　　「嗯，謝謝。」齊樂兒説。

　　徐雅曼説：「那些現金可用來吃飯和買日用品的，你們有需要就用吧。」

　　「剛巧有醫療團隊到了那兒，他們知道你的情況，會派人到旅館跟你聯絡，他們有專科醫生，手術一定成功的。祝福你們，我們等候你的好消息。」余正堂跟齊樂兒説。

　　「謝謝你們。」齊樂兒由衷道。

　　「開車吧。」張玲跟司機説。

　　三個人站在原地，目送汽車離去。

「幹嗎接受她們的米？她們更需要啊，那些米不是要留給更需要的人嗎？」徐雅曼不解問。

「她們要送給我們，我們就要接受。」張玲說。

「互相幫助呀。」余正堂說。

徐雅曼明白過來，她們不願單單接受，希望送給他們最好的，如果拒絕接受那一小袋米，就好像看不起她們似的。

徐雅曼跟張玲說謝謝，繼而說：「我們要平分三份，讓我帶回家給家人吃。」

「對啊，這些充滿感情的米，要跟家人分享。」張玲說。

「你們記得兩個男孩的願望是吃白米飯嗎？」余正堂問。

「記得。」張玲說：「今晚夜機，下午帶他們去餐廳食飯吧。」

「最接近的餐廳都要乘車半小時啊。」徐雅曼說。

「我們都要吃飯呀，就這樣決定。」余正堂說。

張玲聯絡翻譯老師，老師問道：「只帶那兩個男生去嗎？」

「嗯，你決定人數好了。」張玲說。

「我想多帶幾個上進的學生呀。」老師說。

「好呀，我們在學校門口等。我預約小型巴士，大家先去逛市集，然後去餐廳食飯。」張玲說。

到了約定時間，看見五個男孩和三個女孩前來，男孩都穿上足球隊的制服和足球鞋，可見他們覺得最好看的衣服就是足球隊制服。三個女孩都穿上布裙，還用當地頭巾束起頭髮，翻譯老師穿襯衣短褲，全部人都笑意盈盈。

余正堂說：「大家上車，出發！」

一羣孩子蹦蹦跳跳地走上小型巴士，大部分孩子首次乘搭汽車，難掩興奮。

坐在車裏，潘克低聲說：「心跳得好快，不知市集是怎樣的。」

「你別老土，」狄安笑說：「淡定呀。」

「第一次出外吃飯,好緊張。」鄰座的女孩説。

「淡定。」狄安語氣堅定説。

「記得阿金嗎?」狄安問潘克:「我們要像阿金那樣淡定呀。」

「對,淡定。」潘克強自鎮定,沒料到司機開車發出聲響,嚇得他呱呱叫。

全車的孩子都笑起來,四個大人忍住不笑,徐雅曼最先忍不住笑起來,其他三人一同大笑,最終全車人連同司機都在笑。

潘克和狄安望向車窗,沿途風光匆匆走過,全是他們未見過的景致。

潘克低聲問:「你去過餐廳沒有?」

球隊前鋒説:「去過啦,我飲汽水,食雞髀飯,好好味。」

「我都去過,爸媽帶我去的。」女子足球的門將接着説。

「我沒有去過,不過,爸爸上次去餐廳,買了雞髀

飯回家給我吃，我食過餐廳的飯啊。」坐在狄安身旁的女孩說。

「你為什麼這樣問？」踢後衛的男生反問潘克：「難道你未去過餐廳嗎？」

潘克一怔，沒有回答。

狄安拉開話題：「下星期比賽，你們有練習嗎？」

「有呀。」守龍門的男生說。

大家將話題轉到足球之上，潘克才鬆一口氣。

狄安同樣抹了一額汗，他們是初中生，竟然沒有吃過白米飯，不曾吃過家裏以外的地方食物。他們以為許多高小學生和初中生都是這樣，現在看來，全車人得他們兩個是第一次吃餐廳的飯菜，甚至是第一次去餐廳吃飯的。

汽車停定後，大家魚貫落車，翻譯老師數齊人數後，跟學生說：「我們一起走，別走失。」

「走失了怎辦？」穿黃色裙的女孩問。

「你們記住這輛車，如果走失，可以到汽車旁邊等

候。」老師說。

「如果不知怎樣走到這兒呢？」潘克問。

老師沒好氣說：「你拖住老師的手，不會走失。」

大伙兒笑起來，狄安連忙說：「老師，我們不會走失的。」

三個義工不知道他們說什麼，但見個個笑得開懷，不覺高興起來。

一行十二人在市集閒逛，所有孩子都顯得雀躍。

大家停在賣書包的檔口，學生站在那兒指指點點，好像第一次看見有那麼多新書包。

張玲以簡單的英語問：「你們要新書包嗎？」

全部學生搖頭說不，狄安感激地說：「我們有書包了，謝謝。」

余正堂說：「叔叔送給你們，你們一人揀一個啦。」

翻譯老師用當地話跟學生再說一遍，可是個個都說不用。

余正堂跟老師説：「書包既便宜又實用，我們樂意買來送給學生的。」

　　「真的不用。」老師説：「這些孩子雖然家境清貧，不過，他們並不貪心，一個書包已經足夠。」

　　「書包會破爛啊。」張玲説：「跟他們説一人買一個新書包，舊書包爛掉後，才換新的。」

　　老師翻譯一遍，學生都説不用，只有一個女孩低聲説：「我的書包真是爛了。」

　　余正堂買下二十個不同顏色的布書包，跟老師説：「送給村落的孩子，他們的書包破爛了可以換新的。」

　　老師説：「我代村裏的孩子説聲謝謝。」

　　「別客氣。」張玲説。

　　「村裏的孩子最想要什麼呢？」徐雅曼問老師。

　　「他們要讀書機會，」老師説：「你們辦的英語補習班很好，他們最喜歡。」

　　「希望在不久的將來，村裏就有第一個大學生。」徐雅曼説。

「對，」張玲說：「越來越多孩子接受教育，再教導更小的孩子。」

「以前的學生比較散漫，現在開始懂得珍惜學習機會了。」老師說。

三個人聽到老師這樣說，心裏有種暖洋洋的感覺，笑得像孩子似的開懷。

除了二十個書包外，他們沒有買任何東西，只是每個攤檔都停留一陣子。

張玲看看手機的時間後，跟老師說：「我們今日回家，大家要早點吃東西，我們還要出機場的。」

老師帶大家去最大的一間食肆，有點像室內的大排檔，雖然簡陋，但地方清潔。

大家坐下，學生好奇張望，老師先問三個外地人：「你們想吃什麼？」

「你決定好了，我們沒有所謂的。」張玲說。

「炸蠍子好嗎？」老師認真問：「還有炸蜈蚣，都是地方特產呀。」

徐雅曼嚇了一驚，連忙說：「不用，不用。」

老師笑說：「我跟你們開玩笑，路邊攤檔還有這些食物，這間食肆沒有的。」

張玲呼一口氣說：「嚇壞人了。」

余正堂說：「我倒想試試。」

「好呀，我出外買給你。」老師說。

「我說笑而已，不用試。」余正堂連忙說。

老師輕輕一笑，看看餐牌，轉頭問學生：「你們想吃什麼？」

「我想食……」狄安想說白飯，但不好意思說，轉為說：「雞髀。」

「還有呢？」老師問。

「老師決定好了，我不曾吃餐廳的東西，不知道吃什麼的。」潘克誠實道來，所有孩子連忙附和。

老師點點頭，然後跟伙記點了飯菜，一人還有一杯果汁。

菜飯來到，潘克看見面前的白飯就開心，粒粒飯晶

瑩飽滿，飯香撲鼻，跟平日食的米碎飯完全不同。

老師示意等齊飯菜才一起吃飯，張玲説：「我們先飲一杯。」

大家舉起手上的果汁飲下去，守龍門的男生説：「好美味呀。」

準備吃飯的時候，狄安感到不對勁，那種油味是他從來未接觸過的，他吃一口白飯，覺得胸口翳悶，連跑帶跳的跑出餐廳外嘔吐起來。

老師放下餐具，走出去問：「你怎樣？」

「我要嘔。」狄安説。

張玲是護士，連忙拿清水給狄安，關切地問：「為什麼想吐？」

「不知道。」狄安説。

余正堂坐在飯桌前，看見所有人停下來，輕輕跟學生説：「大家繼續吃飯，他們很快回來的。」

潘克雖然想知狄安情況，但眼前的飯菜實在太美味，聽了余正堂的説話，只管大口大口吃飯。

張玲和老師陪狄安回來，狄安吃一口飯，又想吐，只好再跑出去。

徐雅曼問張玲：「他幹嗎嘔吐？」

「也許第一次吃餐廳的食物，不習慣，跟家裏的不一樣，一下子不能適應那種油味。」張玲用母語説。

「怎可能呢？」徐雅曼問。

「你記得第一次出外吃飯嗎？」張玲問。

「不記得。」徐雅曼説：「怎可能記得呢？」

「我們從小在不同地方吃東西，很易適應。」張玲説：「你看他讀中學才第一次吃其他東西，也許，這餐廳的烹調方法跟他家裏的相距太遠，他一時間適應不到，吃不下那種味道。」

余正堂説：「我記得了，他就是那個夢想吃白米飯的男孩。」

「別説了。」張玲説：「即使其他孩子聽不明白我們的母語，也不要再説了。」

「嗯。」徐雅曼説。

老師陪伴狄安回來，狄安明顯哭過，大家都假裝看不見，沒有人再問他。

余正堂問老師：「他沒事吧？」

「他好想吃餐廳的東西，但吃不下，他說討厭自己。」老師說。

余正堂說：「待會兒讓他將食物拿走，或者，他的媽媽會弄得更適合他吃的。」

「孩子真是失禮。」老師說。

「別這樣說，他們都是好學生，下次再帶他們來吃東西。」張玲加入說。

狄安慢慢飲果汁，幸好，他可以飲這樣美味的果汁，不會餓壞。

潘克低聲問他：「你沒有事吧？」

「沒有。」狄安說。

「不能吃嗎？」潘克問。

「我好想食，但那種油味令我想吐。」狄安說。

「你別說了，再說我也想吐啊。」潘克笑說。

「不是說笑的。」狄安說：「我好討厭自己，那麼艱難才可以達成願望，但我看見想吃已久的白米飯，竟然吃不下。」

「你的願望是齊老師康復呀。」潘克說：「齊老師可以走路，比你吃白米飯重要呀。」

「對，」狄安笑說：「齊老師康復更重要，況且，我下次一定可以食餐廳的食物。」

老師跟狄安說：「你可以用袋帶走你的食物，回家給媽媽和弟弟吃的。」

狄安還在猶豫，潘克已經幫他包好。

女子足球的隊長說：「我們不會說出去的。」

潘克說：「你們有什麼要說？」

「沒有呀。」其他孩子異口同聲道：「今日沒有特別事情要說出去。」

「沒有，真的沒有。」狄安說。

老師看見學生的反應，很是高興，他知道狄安總有一天可以吃食肆的食物，更為學生的友情感動，不但沒

有人取笑狄安，大家更一致決定不會説出去，以免其他人取笑狄安。

回到村落，老師像變魔術似的，突然從背包拿出三小包米説：「送給你們的。」

「謝謝啊。」張玲帶點驚訝説。

徐雅曼也不推辭，大家接過小包米，跟余正堂一起説謝謝。

「鄉下地方沒什麼好東西，這是我自己種的米。」老師説。

「老師教學之餘，還要落田？」徐雅曼説。

「教書用腦，種米用力，就當作運動而已。」老師笑説。

「我會將米帶回家跟家人一起吃。」張玲説。

老師轉身望向孩子説：「跟哥哥姐姐道別啊。」

八個學生一同流露依依不捨神情，余正堂以英語説：「下次有長假期會再來的。」

「好呀。」全部學生歡天喜地回應。

「你們好好溫習英文，下次會教更多生字。」張玲笑着說。

跟他們道別後，三人乘車回旅館拿行李。

「好感動，他們未必夠食，都要送我們自己種的米。」徐雅曼說。

「你們知道齊樂兒和媽媽的消息嗎？」張玲問。

「我收到女友的手機短信，她們已經入住醫院附近的旅館，明天有專人陪她們去醫院的。」余正堂說。

「希望她的手術成功。」徐雅曼說。

「不是一次手術，她要接受多次手術，希望每次都成功。」張玲說。

「肯定成功的。」余正堂說：「她肯定可以再次走路的。」

「你憑什麼肯定？」張玲問。

「我們要相信自己的願望，」余正堂說：「只要願望正確，凡事可以成真。」

第三章　國王的微笑

阿金和父母變賣鄉下的一切後，一家人搬到城市生活。

這兒除了有吸引全球遊客的古跡外，還有許多新落成的漂亮的酒店。不過，阿金一家還是住在破舊的邊緣建築物。

同一地方，好像有不同空間，有幾百年前的東方古跡，有先進的西方建築物，有富裕的消費社羣，還有最窮困的當地人。市中心有許多給外國人度假的地方，還有外國人興建的兒童醫院……這區是全國最多外國人的地方，也有祖先留給他們最大的遺產。

阿金的師傅安排他們一家住在二樓一個單位，跟村屋不同。鄉下沒有二樓，只有兩層的木屋，或建在河邊的房子。阿金從小住在鄉下的房子上層，因為較為涼快，地下就養了一口豬和幾隻雞，但在他們離開的時

候，豬和雞連同房子一併賣掉了。

阿金的師傅給他們貨品，每日在遊客區向遊客叫賣，連同夜市，即使競爭激烈，生活還是可以的。

先進國家禁止兒童全職工作，因為每個兒童都有健康成長的權利。兒童要有足夠營養的飲食、充足的睡眠、一定的讀書和遊戲的時間。即使工作，例如影視製作需要兒童演員，合約都會訂明每天的工作時間限於數小時，不能影響兒童的學習和休息時間。

阿金並非在先進國家出世，因為當地近代的戰爭和內亂，令原本富裕的國家變得一貧如洗。這兒的法律對兒童保障不足，即使有法律，也沒有嚴格執行。許多孩子失學，一早開始工作掙錢養家，阿金只是芸芸失學的童工之一。

工作多年，阿金早已忘記上學的感覺。然而，每當看見穿校服的學生經過，他的心裏還是難過的。他多麼希望穿上校服，跟同學在課室上課，不用在這兒日曬雨淋叫賣明信片。

在陰雨不定的早上，阿金穿上雨衣，如常拿明信片叫賣。

每輛旅遊車附近都有一羣小販，賣的是同樣的東西，有些人賣旅遊書的，有些人賣細小的紀念品，更多人像阿金一樣賣明信片。

阿金沒有跟其他童工傾談，因為大家要爭生意，不能建立友誼。他最熟悉的是呆坐一角的殘障阿明，阿明在童年的時候經過田野，意外踩在戰時埋下的地雷上，地雷爆炸，阿明從此失去雙腳。

阿明不能搶在旅遊車附近叫賣，只能靜靜坐在一角等候遊客經過。阿金吃飯的時候，有時會偷偷幫阿明叫賣，還要避免讓師傅知道，以免被師傅責罵。

遊客大多只會買一次明信片，跟阿明購買代表阿金失去一次做生意的機會。

阿金明白師傅的意思，但他仍然會幫助阿明。阿明沒有説話，阿金知道阿明是啞巴。他幫助阿明就是這般微不足道的事，兩人間中交換微笑，阿金覺得被師傅看

見責罵他，也是值得的。

晴天的遊客較多，生意也多。雨天遊人減少，生意也減少。阿明不會在雨天擺檔，以免明信片沾水，無法賣出去。

阿金穿上雨衣，小心翼翼地放好明信片，望向陰雨的天空，只求保持平日的銷售量，以免師傅不高興。

幾輛本地汽車駛至，阿金如常走近，大喊：「One dollar，One dollar……」

阿金從沒想過有這樣的情況，由於太突然和來得太快，阿金無法看清楚眼前影像，只見兩個黑影飛快撲向他，阿金本能閃避，卻無法避過，被兩個人緊緊抱住。

阿金最先想到的是不能讓手上的明信片跌在地上，如果跌在濕地上，明信片就不能賣，師傅一定罰他不准吃晚飯。阿金確定明信片還在手裏後，幾經掙扎要推開那兩個人，但兩人抱得更緊，他只好大喝一聲，問：「你們要打劫窮人嗎？」

熟悉的笑聲傳入耳中，讓阿金疑惑起來，依然緊緊

低頭抱住他的錢袋和明信片。

「阿金，你不認得我們嗎？」似曾相識的聲音在阿金的耳邊響起，可是，阿金想不到是誰的聲音。

「我呀，你忘了嗎？」另一熟悉聲音說，這人還捉住阿金的肩膀。

「放手呀。」阿金生氣說。

對方這才鬆開手，阿金站遠一步，看見他們沒有打傘，後面有兩個外國人拿雨傘為他們擋雨，他看了好一會，想說他們的名字，但覺得不可能是他們。

「One dollar，One dollar……postcard，postcard……」兩個少年一起模仿阿金的語氣說。

「狄安，潘克，怎可能是你們？」阿金驚呼。

「真是我們。」狄安和潘克齊聲說，再想上前跟阿金擁抱，被阿金一一推開。

「怎可能？」阿金再問：「你們怎可能前來？」

狄安說：「義工哥哥姐姐讓我們願望成真，第二年了，我們今次寫自己的願望，我們想見你呀。只要我們

全部成績進步，操行良好，義工哥哥姐姐就會實現我們的願望。」

「啊，世上竟有這樣的好事嗎？」阿金問：「不可能，怎可能呢？」

「我的願望就是到這兒看你，還有國王的微笑。」狄安説。

「我的願望是找到你。」潘克説。

「這算是不勞而獲嗎？」阿金沮喪問。

他想到自己日日叫賣明信片，一年三百六十五日年中無休，遇到四年一次閏年還要多做一日，即一年做足三百六十六日，依然未能走進去看國王的微笑。他們可以讀書，不曾工作，竟然可以達成夢想，阿金想到這裏不禁沮喪起來。

「並非不勞而獲。」狄安説：「義工哥哥姐姐教我們英文後，我們義務教初小同學英文，我們是小教師呀，有付出努力的。」

「對呀，你離開之後……」潘克想了想，又數數手

指,才繼續説:「我們沒有見面三年多啊,我們學了許多英文,可以教小學生了。」

「我們非常勤力,日日有教⋯⋯」狄安想想,更正道:「並非日日,一星期教五日,我們很努力,義工哥哥姐姐這才讓我們願望成真。」

「噢,你們真是幸運。」阿金沒好氣説,心裏大喊這個世界不公平呀。

打傘的余正堂不知道他們以母語傾談的説話內容,只知潘克的願望已經實現,以英語跟阿金説:「我們一起進場,我請你。」潘克和狄安正想翻譯,但見阿金的反應像完全明白,想是阿金跟他們一樣不斷學習,英文進步多了,可以簡單英語溝通。

阿金聽到瞪大雙眼,開心不已,隨即低下頭,以簡單英語回答:「不,謝謝,我要工作。」

「休息一日啊。」潘克説。

「我們找了幾個入口,花了一小時多,才找到你的。」狄安説。

「不，我不賣光今日的明信片，是不能回去的。」
阿金說。

　　余正堂知道他們刻意說母語，但猜到他們的說話內
容，以眼神問狄安，狄安搖搖頭，沒有說話。

　　「我要買手信，你將身上的明信片都賣給我吧。」
張玲突然加入，以英語跟阿金說。

　　「賣明信片啦，他們三個人要買許多手信。」狄安
說。

　　阿金笑起來，將今日要賣的明信片全部賣給張玲。

　　「我們一起入場，」余正堂以英語說：「今日有雙
語導遊，為我們講解這兒的歷史。」

　　阿金激動得眼泛淚光，連忙用手背抹掉，以為沒有
人看見，其實個個都看見。

　　狄安和潘克同樣開心不已，不斷跟阿金說踢足球的
事情，好像日日見面一樣閒聊。阿金好開心，彷彿從未
離開村落，經常跟他們一起踢足球似的。

　　導遊是中年的當地華僑，經歷戰爭人禍，當年是少

數可以讀考古學的人。

踏入收費區，阿金、狄安和潘克不禁張大嘴巴，他們看見水中倒影的建築物如此美麗，呆住了。即使鈔票印上同樣的建築物，待面對古代建築時，親眼看到的感覺完全不一樣。

導遊開始以雙語講解歷史：「許多人認為是西方人發現這個古跡，實際上，最早有文字紀錄的是中國的《真臘風土記》，由元代文人周達觀所著。後來翻譯成法文，最終為看過譯本的西方人發現這座古代城市。」

「國王的微笑呢？」狄安問。

導遊邊走邊説：「別心急，我們很快會看見，到時再講解。」

「為什麼要發現，不是一直在這兒嗎？」潘克問。

導遊沒有停下腳步，先以三個男孩的母語跟他們解釋，再以華語跟兩個華人講解：「大概在公元八百年，這兒是高棉王國盛世，但在十四世紀神秘消失。」

「這麼大的地方怎會消失？」狄安問。

導遊笑説：「消失的意思是隱藏在森林裏，至於原因，考古學家有不同意見，最常見的説法是鄰國入侵，國王帶同國民遷都，整座城市就此荒廢。」

　　「入侵的人住在這兒嗎？」阿金問。

　　「這是歷史神秘的一面，有説土地開發過度，令這區糧食不足，連入侵者都捨棄這個王城，任由森林覆蓋。」導遊説。

　　「就這樣在森林沉睡了數百年啊。」張玲跟余正堂以母語説。

　　「就是這樣，直至被探險家找出來。」導遊聽到他們説話，轉身跟大家分別以兩種語言説出來。

　　「過度發展的城市都是這樣。」余正堂以母語説。

　　「由於沒有文獻紀錄，所以，這座巨大城市埋藏在森林的真正原因，依然未有定論。」導遊説。

　　「國王的微笑呢？」狄安再問。

　　「你看，那兒有一個啊。」導遊微笑指向遠方，狄安望過去，沒有想過石像那麼巨大。

「在寺廟的範圍內，可以看見五十多個國王的微笑石像，還有一些散落在王城角落。」導遊帶大家近距離看石像。

「嘩！」狄安抬起頭望向石像，張大嘴巴無法說話。

「比明信片好看啊。」阿金說。

「下雨天有下雨的好，今日沒有那麼多人，你們可以慢慢細看。」導遊說。

「現在很多遊客嗎？」張玲問。

「根據政府統計，三十年前，每年前來這裏的遊客約七千人，現在是二百五十萬人次，還會越來越多。」導遊說。

「嘩！」這次是余正堂張大嘴巴，太多遊客前來，未必是好事。

「有研究指，古時人口增長過多，稻米糧食不足，國王才要棄城，外族入侵反而並非吳哥王朝滅亡的主要原因。」導遊說。

「石像是國王嗎？」潘克岔開話題問。

「對，這是依照吳哥王朝的統治者闍耶跋摩七世，嗯，英文是Jayavarman VII，據說工匠依照他的臉容雕刻，還加入佛像模樣，讓人有安詳的感覺。」

「為什麼是這個國王而不是其他的國王？」阿金好奇地問。

「因為他最有錢。」導遊說，逗得全部人都笑起來。

導遊一臉認真地補充：「真的，國王生於一一八一年，在一二一八年離世，統治期間正值王朝巔峯，擁有大量財富和人力修建王城，他命人依照他的樣子雕刻，沒有人敢否定他的。」

「為什麼要雕刻那個巨大的石像呢？」潘克問。

「有研究指是為了建立個人崇拜，令國民更信服國王。」導遊說。

「媽媽說，這個微笑的石像似爸爸的。」狄安說，隨即想起媽媽說那是他們之間的秘密，連忙說：「不，

我說笑的。」

　　大家笑起來，導遊說：「悄悄告訴你們，我的女兒說我笑起來都似。」

　　導遊在石像旁展示近似的微笑，三個少年笑得彎下腰來，張玲也笑到氣喘，余正堂笑到幾乎拿不穩雨傘。

　　「我們說笑而已，你們可不要告訴別人啊。」導遊單單眼說。

　　大家繼續一邊參觀一邊說笑，發現已經停雨，起初還是陰天，隨烏雲散去，開始有陽光。

　　「你們真是幸運，落雨沒有太多人，停雨後，又可以欣賞黃昏景色。」導遊說。

　　三個少年相視而笑，阿金說：「今日真是幸運，我可以進來參觀。」

　　「我們才算幸運，可以找到你。」潘克說。

　　「我們的願望已經成真，」狄安望向阿金問：「你呢？你有願望嗎？」

　　「沒有。」阿金突然變得冷漠，語氣平淡說。

「你們看，這是古代神話戰爭浮雕。」導遊帶大家走到壁畫前說，所有人的注意力又集中在壁畫之上。

張玲以母語低聲問余正堂：「我們可以做些什麼幫助阿金嗎？」

「正有此意，我們起碼可以幫助他達成簡單的願望。」余正堂以母語回應。

「你們可以爬上那兒看日落的。」導遊指向建築物頂部，大家看見樓梯都是一怔，張玲更覺嘩然。

「為什麼那些樓梯又高又直，怎麼走上去啊？」張玲問。

「據考證，這是古代拜祭的地方，又高又直的樓梯就是要人謙卑，要人手腳並用，近乎攀爬似的爬上去。」導遊說。

「會跌死人呀！」張玲皺眉說。

「古代就不知道，近代肯定有。」導遊說：「數十年前，曾經有個女遊客失足跌死，她的丈夫為免其他遊客遇上同樣意外，花錢建了扶手，現在的遊人只要抓緊

扶手，上落是安全的。」

「即使有這樣的石級，國王還是不懂謙卑。如果國王懂得謙卑，明白這個道理，就不會盲目擴充版圖和大興土木，也許……」張玲用母語低聲說。

余正堂以母語接上：「也許，王朝至今仍在。」

「嗯，我的意思是國民的日子可能會好過一點。」張玲說。

導遊示意在附近等候他們，不會上去。

余正堂帶大家抓緊扶手，爬樓梯上去等日落。一行五人到達頂層後，一一坐在最高的石級上，從高處望下去，四周風景變得不一樣。

余正堂坐在阿金的右手邊，側身向左，以簡單英語低聲問阿金：「你有夢想嗎？或者，你有什麼簡單的願望嗎？」

阿金低下頭，沒有說話。

狄安坐在阿金的左手邊，聽到余正堂的發問，以母語跟阿金說：「你說啦，他們會幫助你的。」

「我不要人幫助。」阿金冷淡回應。

潘克笑説：「不要幫忙，就要他們請食飯。」

「不要，我不用人請食飯。」阿金生氣道。

「我説笑而已。」潘克説：「我講個笑話你知，狄安的願望是吃白米飯，但第一次去餐廳食飯時……」

「喂，你出賣朋友。」狄安佯裝生氣説。

「快説，狄安怎樣好笑？」阿金一臉好奇問。

「狄安，你自己講。」潘克説。

「唉，為了博你一笑，我説好了，我第一次食餐廳的飯，竟然無法入口，全部嘔出來了。」

「噢，怎可能？」阿金驚訝問。

「真人真事，可見我真是鄉下仔呀。」狄安説。

阿金想笑，但更大的悲哀從心裏湧上來，輕輕説：「你們比我幸運多了。」

「阿金，快説你的願望吧，他們明天就要走啦。」潘克説。

「我沒有願望。」阿金説。

「你有的。」潘克説。

「我想讀書，難道他們幫到我嗎？」阿金生氣道：「就算他們做到，我的父母呢？」

潘克和狄安怔住了，他們從未見過阿金發脾氣的。

余正堂和張玲見三個少年以母語交談，不便打擾，但覺氣氛不對勁，張玲以英語問：「你們吵架？」

「不，」狄安以英語説：「我們閒聊而已。」

「大聲閒聊。」潘克附和。

「你們看，黃昏的天色多麼美麗啊。」余正堂以英語説。

三個少年首次在高處看落日，同樣感受到大自然的奇妙和美麗。

阿金每日在明信片看過的畫面，現在置身其中，感動得流下眼淚。

「阿金，你哭？」潘克低聲問。

「沒有，眼睛有點痛，也許風大，吹到我流眼水，不是流淚。」阿金説。

張玲望向遠方落日，裝作不經意問阿金：「你想上學嗎？」

「想。」阿金自然地回答，隨即搖頭，以英語重覆説：「不，不，不。」

余正堂以英語説：「景色真是美麗。」

五人的注意力再度放在眼前的風景上，每個人的內心都有點微妙轉變，漸漸領略到世上最美麗的東西往往是免費的。

黃昏過後，阿金要幫父母準備夜市，不願在扶手前排隊，就這樣拾級而下。

張玲和余正堂看得膽戰心驚，潘克和狄安嚇到手心出汗，他們在高處看見阿金身手敏捷跑落樓梯，然後，一支箭似的跑到出口，估計他趕住離開。

四人沿扶手走到地面，導遊已經在那兒等候。

「你看見那個男孩離開嗎？」余正堂問。

「你説阿金？」導遊説：「他離開時跟我説再見，很乖巧。」

「你認識他？」張玲問。

「他在這兒賣明信片，個個導遊都認識他的。」導遊笑說，繼而用當地的語言跟兩個少年說一遍。

「阿金捱得辛苦嗎？」狄安以英語問。

導遊說：「我沒有留意。」

余正堂知道沒留意的意思是辛苦，導遊不想直接說出來。

阿金失學多年，日日在戶外曝曬，加上風吹雨打，怎會不辛苦呢？

導遊帶他們離開時，看見殘障的阿明開檔賣明信片，導遊歎一口氣說：「阿金是好孩子，我見過他幫助阿明賣明信片，還怕被師傅看見。」

「看見會怎樣？」張玲問。

「會懲罰他的，因為遊客光顧阿明，代表阿金的生意少了。」導遊說。

「他的師傅沒有發現嗎？」狄安緊張問。

「我見過他的師傅站在那邊，」導遊指向另一邊，

說：「他看到一切，只是沒有懲罰阿金，也不讓阿金知道他已經知道。」

「好複雜呀，」潘克說：「怎麼我聽來聽去都不明白呢？」

張玲說：「他的師傅愛護阿金，又怕他不聽話。」

「我還是不明白，不過算了。」狄安說。

「我先走啦，謝謝你們今日聘用我。」導遊跟張玲和余正堂說：「希望有機會再為你們服務。」

「謝謝。」張玲說：「謝謝你們善待像阿金和阿明的孩子。」

導遊微微一笑，沒有說話，跟四人揮揮手後，轉身離去。

「我們去吃飯。」余正堂以英語說。

「你……」張玲帶笑跟狄安說，狄安未待她說第二個字，已經接口：「我不會嘔吐了，你們幾個月沒有來，我已經去餐廳食飯兩次。」

「好啊，我們去吃白米飯。」余正堂說。

「你們還要買手信嗎?」潘克怯怯問。

張玲一下子明白過來,走到阿明跟前,買了幾疊明信片,阿明非常高興,跟她點頭微笑。

他們乘車到達一間餐廳,那是狄安和潘克從未到過的意大利餐廳,他們睜大雙眼四處張望,不敢胡亂說話,以免被人取笑。

「我們吃意大利墨魚飯好嗎?」張玲用英語問。

兩個少年連忙點頭,余正堂再點了薄餅和意粉,好讓兩個少年嘗試不同國家的菜式。

飯菜上桌時,狄安和潘克瞪大雙眼,難以置信地望向墨魚飯,張玲為他們解釋:「這是意大利米,較長和幼身,黑色的是墨魚汁,原本是白飯,並非黑米飯啊。」

狄安以為張玲還想取笑他,以英語說:「我一定不會再嘔的。」

余正堂帶笑為大家分菜,看見潘克和狄安吃得高興,兩人都開心起來。

吃過晚餐，還有雪糕，狄安吃罷最後一口雪糕說：「太美味了。」

　　「實在太好吃。」潘克說。

　　「我們讓你們的願望成真，你們要讓我們的願望成真啊。」張玲說。

　　「知道了，我們會努力做小教師，教好小學生英文的。」狄安說。

　　潘克突然沉默起來，狄安問他：「你怎樣啦？」

　　「我想起阿金，這個世界公平嗎？」潘克問。

　　「公平。」余正堂說。

　　「怎會公平呢？」潘克以英語說：「我們可以讀書，還可以參加足球隊，你們讓我們願望成真，但阿金什麼都沒有。」

　　「公平。」張玲說：「每人每日都只有二十四小時，人人都只有一生，這是公平的。」

　　「別人有爸爸，我沒有，公平嗎？」狄安問。

　　「你有爸爸，他不能陪伴你成長而已，你知道他永

遠愛你的。」張玲說。

「齊老師那麼好人，撞傷她的人那麼衰，但受苦的是她，公平嗎？」潘克問。

「公平並不是人人一樣。」余正堂說。

「我們人人不同，」張玲說：「公平是，我們都可以選擇善良。」

「我不明白。」狄安說。

「公平是我們都有自由意志，可以選擇做好人或壞人。」余正堂說。

「阿明殘障，公平嗎？」潘克憤憤不平問。

「公平。」張玲說：「每個人都有缺陷，有些可以看見，有些看不見。」

「不公平，不公平。」狄安突然生氣道。

「人人天生不同，這是不同，而非不公平。」余正堂說：「我們只能做到制度公平，人人有公平的發展空間。」

潘克情緒激動起來說：「你們騙人。」

「你們冷靜一點。」張玲說。

大家沒有說話，余正堂結帳，然後，一起離開意大利餐廳。

余正堂盡量以簡單的英語解釋：「你們看看四周的人，個個外形不同，不過，人人的生命都只有一次，這是公平的。」

「不公平。」狄安說：「有些人日日吃美食，有些人日日吃灰黃的舊米飯，好難食的，公平嗎？」

「我們做護士，看見日日吃美食的人可能生病，日日食粗糧的人健康活潑，這是不同，並非公平與否的問題。」張玲說。

兩個少年還是不同意，但英語程度有限，不夠詞彙爭拗下去。

「我們先回旅館，明天送你們回家。」余正堂說。

四個人默默徒步回到旅館，余正堂和兩個少年住三人房，張玲和徐雅曼住雙人房，大家在門外說句晚安。

張玲回房後，看見徐雅曼早已在房裏，正以手提電

腦工作。

張玲匆匆梳洗，問：「你今日的工作怎樣？」

「很忙，你呢？」

「我們找到阿金，一起遊玩半天，一次過滿足兩個少年的願望。」張玲説。

「我跟醫療團隊聯絡過，齊樂兒最近的手術都順利完成，休息多個月後，已經可以回家休息。」

「真好，她可以再次走路嗎？」張玲問。

「要看她的肌肉力量和訓練。」雅曼説：「今日為她們安排了汽車，我們明天回到村落，可以去看她的。」

「很疲倦。」張玲跌坐在椅子上説。

「休息一會吧。」雅曼説。

「不是身體疲倦，」張玲説：「是精神疲倦，兩個小鬼不斷説人生不公平，看來他們是對的。」

「你不要失去信心呀。」雅曼説：「我今日去孤兒院服務，看見每個孩子都帶同自己的天賦來到世上，生

命是公平的，只是人為的制度令社會變得不公平。」

「城市孩子不肯吃飯，浪費食物，甚至有人為減肥弄致厭食症，但窮孩子想吃一碗白米飯都不容易。」張玲歎道。

「我們做到多少是多少，你別灰心啊。」雅曼説。

「對，做到多少是多少。」張玲説：「人生始終是公平的。」

與此同時，余正堂在鄰房還在解釋公平，兩個少年並不認同他們的話，余正堂問：「你們要睡覺嗎？」

「要。」潘克和狄安一起説。

「人人都要睡覺，公平嗎？」余正堂模仿他們的語氣問。

兩人先笑起來，想了好一回，狄安説：「有些人住在很大的酒店睡眠，有些人要在街頭睡覺，公平嗎？」

「人人都要睡覺，公平的。」余正堂説。

「不公平，不公平。」潘克説。

「好吧，我承認人間是不公平的，我們就是努力讓

制度變得相對公平。」余正堂説。

「什麼是相對公平？」狄安問。

「世上沒有絕對平等和公平，只有相對的，例如法律面前人人平等。」余正堂説。

「我明白了。」狄安説：「即是有錢人撞傷人要負責任。」

「對，無論任何人傷害人都要負責。」余正堂説。

「我們看過有錢人撞傷人，沒有停車，沒有丟下錢，就這樣走了，公平嗎？」潘克説。

「那是制度的不公平，」余正堂説：「你們長大後，要讓社會變得相對公平呀。」

「這次真的明白。」狄安説：「你早點説啊。」

「你們不明白就説我講解不清楚，公平嗎？」余正堂再度模仿他們的語氣説，逗得大家笑起來。

第四章　勇者的笑語
（齊樂兒的參賽作品）

我以為我的一生會在十九歲零十日完結。

這是我出世和長大的地方，每日正午都會下一場雨，然後是猛烈的陽光。

每日的天氣都很熱，不過，由於陽光和雨水充足，稻米收成極佳，這兒曾經是富裕繁榮的地方。

正午的大雨，讓雨水在地上留下大大小小的水氹，地上積水在陽光曝曬下，很快揮發成為上升的水蒸氣，走在路上，只覺熱力從地上傳上來，眼前是花白花白的陽光和上升的水蒸氣，熱得人發昏，有時候，甚至有暈眩的感覺。

所以，許多人在正午都留在家裏休息，甚至午睡，很少人在街上走的。

星期六下午原本不用上學，如果我沒有答應借書給狄安和潘克，順道跟他們補習英文，我的命運就會不一

樣。不過，現實是我為了學生特別回校跑一趟，生命從此逆轉。

狄安和潘克跟大部分學生一樣經常缺課，不知由哪天開始，他們變得異常勤力。看見他們，就像小學時期的自己，渴求知識，喜愛閱讀，珍惜每一次讀課外書的機會。

既然他們就像小時候的我，自然由衷希望他們——嗯，或者說我們——有日可到城市讀大學，那是我的夢想。我的夢想不止於我可以讀大學，我還希望我的學生都可以繼續讀書。

記得那日下午，我如常走在陽光曝曬的路上。鄉下的道路跟城市不同，沒有規劃行人路和馬路，路人要貼近路邊走，讓汽車和篤篤車走在路中心。

我肯定自己沒有走出路中心，一邊走路一邊思考如何介紹這次借給他們看的小說，突然聽到背後有車聲，緊接而來就是全身劇痛，我聽到自己重重跌倒地上的聲音，好像由我的內臟發出巨響，然後，我感到血液流出

體外，身體越來越凍，我想，我會在十九歲生日之後的
第十天死去。

腦海飛快閃過以前的片段……媽媽送我上學……老
師教我讀書認字……媽媽帶我去城市讀中學，讓我安頓
下來……中學畢業禮，同學的笑臉……第一日站在課室
教學，學生明亮的眼睛……我拿課外書借給學生……

我以為我已經死了，不知躺了多久，漸漸聽到四周
的聲音，但聽不清楚四周的人說什麼。我想睜開眼睛，
但無法張大眼睛，四周變成白濛濛一片，我以為自己到
達傳說中的天堂。

不知過了多久，四周的聲音日漸聽得清楚，我知道
自己沒有死掉，因為全身都痛，鬼魂不會覺得痛吧。我
開始聽到媽媽的聲音，她不斷叫喚我的名字，但我無法
回應她。

我渴望醒過來，然而，我不能郁動一根手指，不明
白為何不能郁動，但覺非常疲倦，昏昏沉沉又再睡去。
躺了很久很久，我的雙眼終於可以微微張開一道狹縫，

可以看見坐在牀邊的媽媽，感覺到她緊緊握住我的手，我隨即費盡氣力緊握媽媽的手。

媽媽知道我醒過來，她的雙手有點顫抖，不斷輕撫我的手背。

我很口渴，但不能說話，幸好媽媽比我想像中更了解我。

「不要動，不要說話，來，我先給你清水。」媽媽溫柔地說，然後給我水。

我的心激動得不得了，我沒有死去，我一定要好好珍惜性命，我要好好孝順母親，我要好好活這一生。

我感到媽媽走近，但我無法躺臥喝水，媽媽隨即給我飲管，我用盡全身的氣力吸入一口水，感到清水滑過我的喉嚨，然後流到我的胃，好像清泉甘露。我的喉嚨是如此乾涸，如此需要清水。

我沒有氣力說話，連用眼神問媽媽發生什麼事都辦不到，只能躺在牀上，閉起雙眼休息。

彷彿聽到媽媽的笑聲，但那樣的笑更像哭泣。我的

眼淚卻密密流下來，她一邊輕撫我的手臂安慰我，一邊為我抹去眼淚，不斷說：「沒事的，會沒事的。」

我心裏疑惑，聽到媽媽說：「別怕，沒事了。他們跟我說你遇上車禍，他們說，你沒有犯錯，那是司機胡亂駕駛，才會撞倒你，但他駕車走了，只是扔下少許錢。」

嗯，我記得汽車撞在我身上發出的巨響，以及那種劇痛。不是，絕對不是車禍，那一天，我如常走在馬路旁，那輛汽車卻失控似的撞過來，司機是謀殺，那不是普通的車禍。

「別激動，不要再為這件事難過。我們以後再說，我要走了，今日要早點工作。」媽媽說。

我未能說話，幸好媽媽一直明白我所想的。我的視力逐漸清晰起來，足以看清楚媽媽哭得紅腫的雙眼，不知她哭了多少回，也不知她多久沒有睡覺，她應該休息，而非工作。

我想叫她休息，但她已經拍拍我的肩，再幫我抹掉

淚水，然後，有點腳步不穩地站起來，緩緩離開。

媽媽離開後，我再度感覺到身體各處的痛楚，也許疼痛的部分都開始蘇醒。

我的左腳非常疼痛，近膝蓋部位彷彿已折斷似的。然而，右腳比左腳更痛，痛到不知怎樣形容，有時像一千支針同時刺下來，有時像火燒似的劇痛。我的頭和臉同樣痛得無法形容，跟右腳一樣，有時如火燒般灼熱，有時像一萬口針一起刺下去，我想大喊，但喊不出聲。

我再度感到四周黑暗，看不見其他人在附近，好像被遺棄在一個角落。不知痛了多久，也不知是昏迷還是入睡，只知我最終會昏昏沉沉睡去。比起劇痛折磨，能夠睡眠是上天的恩賜。

離開醫院以後，我才知道媽媽沒有錢買止痛藥給我，我只好裝作不大痛楚。

媽媽將所有積蓄拿到醫院，甚至向所有可以借貸的人借錢，依然不夠手術費。我的臉破了，我的腿有個無

法埋口的血洞，我知道我的一生已經完結，但為了媽媽，我要努力活下去。

媽媽、狄安和潘克接我回家，兩個學生沒有說話，他們努力展示笑臉，但那笑臉卻比哭臉更難看。

他們幫助我和媽媽上篤篤車時，我見篤篤車只餘我們坐的兩個位置，同車的還有兩個一同離開醫院的男人，兩個人看來都很虛弱，不知道誰是病人，誰是陪同者，抑或兩個都生病。

兩個學生沒有上車，狄安揮手說：「老師和老師媽媽早點回家休息。」

我很驚訝，醫院距離我們的村落很遠，我想說我可以替他們付車資，然而，我依然沒有氣力說話。以現在的傷勢，我應該留在醫院的，不過，媽媽已經沒錢讓我住院，我們只好回家。

狄安好像從我的表情知道我想說的，笑容變得更加牽強。

潘克大聲說：「我們沒錢乘車呀。」

「老師，不是這樣的。」狄安連忙説：「我們要運動，現在走回村落，還可以休息一陣子才吃晚餐。」

　　車伕開車，媽媽在車上跟路旁的狄安和潘克説：「小心走路。」

　　「嗯，我們會小心的，老師媽媽和老師回家好好休息。」狄安大聲喊道。

　　「明天我們拿書給你看。」潘克追上前幾步説。

　　聽到平日粗心大意的學生説出這樣細心的話，強忍的淚水又忍不住流下來。幸好車伕已經踩車遠去，相信兩個學生看不見老師的軟弱。

　　我的位置可以看見兩個學生站在那兒揮手，他們不斷揮手，不失小學生的童真，讓我忍不住笑起來，篤篤車漸漸遠去，他們變成兩點小黑點，逐漸在我的視線範圍消失。

　　媽媽在醫院告訴我，當日是他們救我的。在這樣不幸的事情之中，幸運地遇上兩個聰明的學生和善良的車伕，還有最先為我止血的醫生，沒有他們，單是流血不

止都足以令我死去。

「別哭，壞眼的。」媽媽輕輕說，隨即用手帕為我抹去淚水。

我不敢再哭，以免眼睛受損，增加母親的負擔，她已經夠辛苦了，不斷努力工作，但不知怎樣可以掙夠錢還債。

車上的兩個男人異常沉默，在附近的村落下車。

篤篤車只餘我們兩個乘客，我們坐在車上，車伕開始努力踩腳踏，我沒有氣力，倚在媽媽身旁休息。

媽媽一直沉默，到達家門的時候，車伕幫忙抱我入屋，媽媽給他車資，他沒有收下。

「那麼遠的路，太辛苦了，請收下。」媽媽說。

「你們比我更需要錢。」車伕說罷離開，媽媽追出門外，但篤篤車已經走了。

「總是最窮的人互相幫助。」媽媽輕歎道。

能夠互相幫忙也是福氣……我在心裏說，但虛弱得說不出話來。

「那個駕駛名車的人撞倒你後，丟低少許錢就走了，那些錢少得可憐。」媽媽好像明白我心裏的說話，輕輕說。

我看見眼淚在媽媽的眼眶打轉，她別過臉去抹眼淚，然後，轉身跟我笑說：「你餓了，我去煮飯。」

媽，我不餓，你先休息一會……我想說，但只能搖搖頭。

「媽媽肚餓啊，我去煮飯。」媽走出門外煮飯，看見她的背影，不得不難過起來，只不過幾天光景，媽媽彷彿老了幾年。

由受傷開始，我已經沒有照鏡，不知自己變成怎樣，只知全身都有痛楚感覺，頭痛、臉痛、肩痛、背痛和腳痛，痛得難以忍受，但我依然努力忍受。不用照鏡，我知道臉上和身上有許多疤痕。

我不願意在媽媽面前流露痛苦表情，不斷練習在痛苦中對媽媽展現笑容，可是，我並不知笑容是否自然，我只能想像自己的笑容，因為我沒有再照鏡子，一次都

沒有。

　　整整三個月躺在家裏，我摸到臉上的傷口已經結痂，頭痛次數開始減少，但腿上的血洞還在滲血，無法埋口。

　　學校聘請新的教師取代我，校長給我多一個月薪金，讓我好好養傷。

　　以前的學生會來探望我，大部分前來一次就沒有再來了。只有狄安和潘克每星期都來探望我一次，每次都帶點米前來。我們一起看書，一起閒聊書的內容。

　　他們來的時候，時間過得特別快。

　　為了減輕媽媽的負擔，我想幫她做家務，但我很難才能夠從牀上爬到地上，在地上要爬很久，才可以爬到煮飯的地方，生活實在艱難。

　　狄安和潘克有天帶來一件奇怪的東西，我一臉疑惑望向那張木板製造的椅子，不知怎樣用的。

　　狄安帶點害羞似的笑說：「老師，這是我們製造的輪椅，不過，沒有輪的。」

「輪椅？」我驚訝反問。

「嗯，老師，你暫時不能走路，我想了好久，才想到製造沒有輪的輪椅。幸好，爸爸懂得，爸爸給我找木材，他幫忙想出來和製造的。」潘克說。

「是這樣的。」狄安將椅子放在我的牀緣，又說：「老師，你由牀邊轉身坐上椅子，椅子貼地的部分加了一塊木板，在地上滑行特別方便，好像雪地的……噢，雪地的……」

「雪橇嗎？」我問。

「對，雪橇呀，圖畫書有呀。」潘克說：「好像雪橇一樣，你可以用手移動的。」

我坐近椅子，兩個學生都想幫忙，我忙不迭制止他們，說：「讓我自己來，我經常一個人在家，我要自己做到的。」

我從牀邊將屁股移到椅子上面，可以安穩坐上去，雙腳無法屈曲，直直地拖在地上，我可以用手移動幾步，好像爬行，但我可以自己走動了，開心得笑起來，

跟他們說：「謝謝你們。」

「老師，合用就好了。」

「有這椅子輔助，我有足夠力量移過去煮飯和做家務，很感謝你們的創意和努力。」我由衷感謝。

「老師，你別這樣說。你快點痊癒，很快就不用這張椅子了。」狄安說。

「我會努力康復的。」我笑說：「你們留在這兒吃糕點嗎？我媽蒸煮的，很美味。」

「不用了，我要回家洗衣服和煮飯。」狄安說，但身體發出肚餓的咕咕聲。

潘克和我都笑起來，狄安也尷尬地笑。

「我要回去，不吃了。」潘克笑說。

「不忙，吃點東西才走。」我說。

「不用了，弟弟等我回去說故事。」狄安慌忙道。

「真的不用。」潘克連隨附和。

「你們……」我剛剛說了兩個字，已見他們像見鬼一樣跑掉，彷彿怕我捉住他們似的。

看見他們的趣怪反應，我忍不住笑起來。然而，回心細想，他們明明是肚餓的，但看見我們的情況，無論如何都不肯吃我家裏的食物。

　　想起母親整天出外工作，回家還要照顧我，眼淚一下子流出來，還好沒有人看見。

　　我任由自己哭一陣子，然後抹乾淚，開始練習自己做家務，好讓媽媽回來可以好好休息。

　　媽媽回來看見這神奇椅子，開心不已，不停誇讚狄安和潘克。

　　我每天比媽媽早起身，準備食物和水，跟媽媽一起吃早餐。媽媽上班後，我要休息一陣子，雙腳依然疼痛，傷口那血洞像永遠無法埋口，間中滲出血水和膿液，我要不斷抹走滲出的膿血。

　　每天午睡醒來，我會吃點東西，然後看書，幸好有兩個學生不斷為我借來書籍，讓我可以繼續看書。然後，我會用媽媽買回家的食材煮飯，我要花很長時間煮飯的。媽媽很晚才回家，我會等她回家一起吃飯，盡量

想一些有趣的話題逗她發笑，但媽媽很少開心大笑，總是抿一抿唇，當作笑容，也許是獎勵我努力搞笑，而她完全不想笑。

日子一天一天過去，我漸漸明白我這一生就是這樣，血洞不會埋口，除非有許多錢去醫院做手術。否則，腿上的傷口不會痊癒的。媽媽已經為我弄至負債累累，我多麼希望可以掙錢，然而，我只能眼巴巴望着媽媽從早忙到晚，只能盡力煮好早餐和晚飯，讓媽媽吃得稍稍開懷。

昔日是我借書給學生看，現在是學生反過來借書給我看，不知他們從哪兒借來不同的書籍，只有在閱讀的時候，我才可逃避現實，躲進色彩繽紛的書本世界，走入浩瀚書海的想像空間。

在想像的世界裏，我可以走路和跳舞，可以走遍全世界，樂而忘返，有時實在太開心，放下書本回到現實的一刹那，就像魔法突然消失，我即時變回躺在牀上的殘障者。

時間就在這間屋子裏流逝，我長時期躺坐在牀上，每次都要幾經辛苦爬上學生造的木板椅子去廁所和煮飯，日日如是，不知不覺之間，一年又一年過去，狄安和潘克已經讀中學，他們為我帶來更多有趣的書籍。

有日下午，陽光曬在我的腳上，我最喜歡陽光灑在身上的感覺，無論多麼沮喪，只要看見陽光，彷彿讓我看見希望，儘管我早已知道自己沒有希望。

每日的陽光依然教人期待，明媚的晴天，讓人感到總會有什麼好事即將出現。

狄安和潘克像雙生兒似的一起在晴天出現，他們長高了，時間不知怎樣過去了。我看見他們帶來新書，滿臉笑容，讓我開心得笑起來。

「老師笑起來很好看啊。」狄安說。

「怎會好看？老師滿臉疤痕呀。」我到現在仍然不敢照鏡，不過，從臉上的痛楚範圍來看，我的臉上一定有許多疤痕。

「雖然有幾條疤痕，但老師仍然漂亮、好看。」潘

克笑説。

「別理會他，」狄安怒視潘克一眼説：「老師，你臉上的疤痕並不明顯，很快無事的。」

潘克在旁吐吐舌頭，連忙説：「不明顯，不明顯，老師十分美麗呀。」

中國有句成語是欲蓋彌彰，記得小時候聽爸爸教過我的，他是華僑，總想我多學中文，可惜，他離開我和媽媽了。

現在見潘克的表情和説話，驀然想起爸爸。他們的表情讓我知道臉上的疤痕很明顯，我已經變得難看。不過，我沒所謂，反正不能出外見到陌生人，也沒有陌生人來看我，其他人都熟悉我的疤痕，無論難看還是好看都是這樣，我只是希望腳上的傷口可以結疤。

狄安和潘克見我沒有反應，仍像犯錯的小學生等候老師懲罰似的望向我。既然知道他們是好意安慰我，只好微笑回應：「知道了，我跟以前一樣漂亮，就如狄安所説一樣，很快無事的。」

「老師，真的，真的會無事。」潘克急着説，焦急得在四周走來走去。

「嗯，知道了，你別急得跳來跳去。」我笑説。

「我沒有跳，我是走呀。」潘克這才在我牀邊站定説。

「老師，真的。」狄安一臉認真道。

「狄安都説我真的沒有跳來跳去呀。」潘克説。

「誰理會你。」狄安橫他一眼，然後望向我説：「老師，你很快無事的。我説真的。」

我微微一笑，沒有説話。

「你記得我們説過的外國哥哥姐姐嗎？」狄安問。

我點點頭，潘克連隨説：「他們有一個願望成真計劃，我們兩個都寫下願望，我們希望他們送你一張二手的電動輪椅。」

「嗯。」我漫應道。

「他們答應了，還給你一封信，你看，你很快無事的。」狄安説。

狄安把信拿給我看，那是簡短的英文信，每個英文字都是我懂得的，但我來來回回看了幾遍，生怕誤會信中意思，但覺越看越模糊，讓我更加想看清楚。

　　「老師，你為什麼哭呀？老師，別哭。」潘克緊張地說。

　　我用手摸摸自己的臉，才知我早已哭得滿臉淚水。

　　潘克用手幫我抹眼淚，狄安制止他說：「別這樣，你的手骯髒，老師說有細菌的。」

　　潘克吐吐舌頭走開，狄安拿出乾淨的手帕給我說：「老師別哭。莫非我們理解錯誤？我明明有查字典的，那封信是好的，老師，你為什麼哭呀？」

　　「嚇壞我們了，早知不寫信啊。」潘克說。

　　「我沒有哭，只是陽光刺眼流眼水而已。我很開心呀，你們看，我在笑啊。」我又哭又笑地說。

　　「老師，你看見啦，他們的回信說，你可以回復以前的樣子，他們有信心讓你重新走路呀。」狄安說。

　　我開心得難以形容，深呼吸幾下之後，用狄安給我

的手帕印乾眼淚，然後問：「你們怎樣寫信？」

「我們都有寫。」狄安說。

「我提出的，那是我想到，我先提出的。」潘克鼓起兩腮，不服氣說。

「對呀，對呀，是你先提出的，最聰明是你了。」狄安推他一把，潘克只管笑，非常享受狄安在我的面前讚他聰明。事實是他這次確實聰明，簡直將我從絕望的深淵救上來。

「快說，你們怎會想到寫信？」我問。

「近年來，久不久就有外地的義工來我們的村落教我們英文，還給我們二手足球鞋，我們組成足球隊，好開心呀……」潘克說。

「義工老師跟我們說願望成真計劃，問我們想要什麼？」狄安截斷潘克的話，輕輕推他的肩膀一下說。

「我要從頭說起呀。」潘克低下頭說。

「讓潘克從頭說起好了。」我望向狄安說，然後跟潘克說：「老師很想知道你們讀英文和踢足球的事情，

你慢慢說啊。」

潘克抬起頭來，眼神明亮，高高興興說下去：「我們有球鞋和球衣，好開心呀，不用赤腳跑來跑去⋯⋯」

「潘克──」狄安不耐煩道。

潘克連忙說：「義務教我們的英文老師說，我們可以將願望寫下，讓他們幫我們達成願望。」

「我們的願望就是老師康復，我們希望英文老師幫忙，我們說最敬愛的齊樂兒老師被車撞傷，兩年了，無法走路，希望他們可以捐贈輪椅給你。」狄安想了想說：「就是這樣，老師說要簡短。」

我笑起來，打從車禍那天開始，這是我笑得最真心的一次，心裏開遍朵朵鮮花，快樂得難以形容。

回信可見，那是由醫護人員組成的非政府慈善機構（NGO），以英文書寫：

親愛的潘克和狄安：

我們看見齊老師的事，自會盡力幫助她的。

不過，我們不願送她輪椅，我們希望送她一雙可以走路和跳舞的腳。

祝福大家

余正堂

兩個學生離開後，我接到老師的來電，他說：「狄安和潘克跟你說過願望成真計劃嗎？」

「說過了。」我說。

「他們明天來探訪你，方便嗎？」老師說。

「方便。」我說。

「明天見。」老師說。

媽媽和我都無法相信這樣美好的事，一切如在夢中，直至到達首都的醫院，我們才有真實的感覺。

多次檢驗以後，醫生說我的腳骨折和發炎，傷口四周的肌肉腐爛，再遲一點就會報廢，只能截肢，聽到我心跳不已。

我沒有細數做過多少次檢查和手術，只是看見媽媽

的表情越來越愉快。外科手術醫生幫我整理腳上的傷口，然後縫針，每次手術都讓血洞面積減少，三個月後，終於可以連成長長的疤痕。

整形外科醫生幫我減少臉上的疤痕，這兒給我足夠的止痛藥，但藥效過去之時，還是有一陣子痛楚的，不過，一切都變得可以忍受。

當我可以回家的時候，臉上還有一些紗布，我已經夠膽量照鏡，樣子還是可以的。腳上的傷口還有點痛，不過，我已經可以用拐杖走兩步了。

回家休息幾日後，我寫信給幫助我的機構道謝：

親愛的余正堂先生：

你們好嗎？

謝謝你們的幫忙，謝謝你們送給我再次走路的機會。

我以為自己有勇氣面對一切，回想起來，真正的

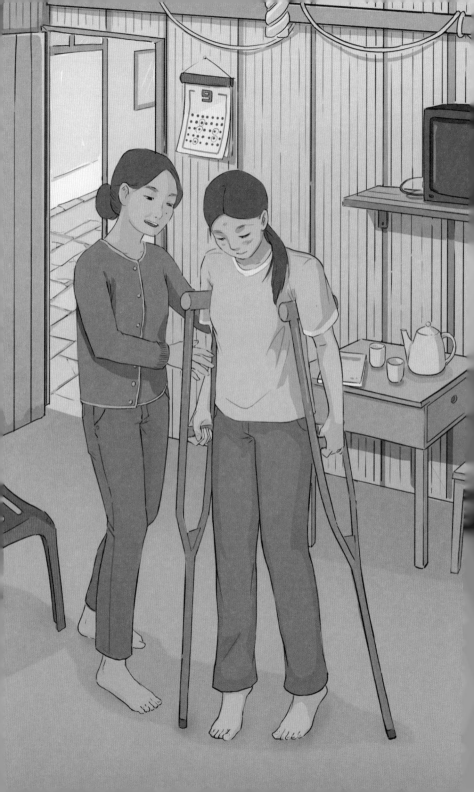

勇者是我身邊的人，感謝你們一直微笑鼓勵我。

　　從學生狄安和潘克口中知道，你們多年來為達成孩子的願望努力，很感謝你們給我的，早已超越我的想像。

　　我的爸爸是華人，中國人說大恩不言謝，我的感受正是這樣，待我可以教書的時候，我會努力教導孩子，將你們的善意傳播開去。

　　祝願平安喜樂

　　　　　　　　　　　　　　　　　齊樂兒敬上

第五章　授人玫瑰的喜悦
（余正堂護士的參賽作品）

我是余正堂，我知道自己是幸運的，因為我做的工作正是我的夢想職業。

小學五年班的時候，有次作文題目是「我長大後想做……」。

我很快寫好作文，我早已知道長大後想做什麼。

一星期後，中文科老師準備派回作文，老師先將我們的作文放在桌子上，對住全班同學笑説：「我出一題智力題考考大家，你們要動動腦筋，知道答案的同學可以舉手回答，答對無獎。」

「噢，答對無獎，我不會答的。」鄰座的同學説。

「老師，答對可以在今次作文加十分嗎？」班長舉手問。

「你們別着眼於少許利益，答對證明你聰明，將來自有更大的獎賞。」老師説。

「如果無呢？」我在心裏問，沒料到有同學已經舉手發問。

「我們總要做一些沒有回報的事，不要事事計較。」老師說。

不同的同學同一時間問：「什麼是回報？」「什麼是沒有回報的事？」「老師……」

「安靜一點，你們還要聽智力題嗎？」老師保持微笑問：「你們這樣胡亂發問，顯得智力不高啊。」

同學先是大笑起來，然後紛紛回應：「我們智力高呀！」「老師，快點問。」「我想聽啦。」

老師以手勢示意大家安靜，我們即時集中精神聽老師發問：「有個醫生和護士結婚，他們有一個孩子。然而，醫生並非孩子的爸爸，護士也不是孩子的媽媽，為什麼？」

「孩子是領養的。」有同學未及舉手，已經在座位喊出來。

「不是，孩子是醫生和護士親生的。」老師說。

同學還在猜想的時候，我已經知道答案，正要舉手回答，沒料到張美儀舉手比我快，老師喊了她的名字，她站起來説：「因為醫生是孩子的媽媽，護士是孩子的爸爸。」

「對。」老師笑説，然後喊我的名字：「余正堂，你出來朗讀自己的作文。」

我的作文分數從來不高，以為這次寫得特別差，老師才要我讀出來，我害怕被同學取笑，不願站起來。

「余正堂，你的作文寫得不差，朗讀出來讓同學聽聽你寫的。」老師像知道我心意似的，彷彿要給我勇氣走出去。

「老師，我可以代他朗讀的。」張美儀舉手説。

「不用。」我近乎從椅子彈起來説。

我走出講台，開始大聲讀出我的作文：「我長大後要做護士……」

當我讀到這兒，不少同學已經大笑起來。

老師笑説：「你們忘記先前的智力題嗎？」

「老師，你剛才問的只是問題，不是智力題，我不明白跟智力有何關係？」副班長舉手問。

「跟智力有關的，」老師輕輕說，然後繼續：「普通人有思考盲點和局限，聰明人能夠跳出世俗框架。大家聽到醫生和護士結婚，腦海隨即想到時男醫生和女護士，沒有留意現在有許多女醫生和男護士。看來是普通題目，強調是智力題的話，聰明人就會從不同角度思考，才稱得上有智慧啊。」

「我剛才沒想到，我是蠢嗎？」班長舉手問。

「你不算蠢，你只是擁有豬一樣的智商。」附近同學笑說，全班轟然大笑。

老師跟隨我們笑起來，然後收起笑容，認真道：「大家聽到豬就聯想為愚蠢，事實是豬的智商比不少動物更高，甚至比狗的智商更高。同學說班長擁有豬一樣的智商，可見班長像豬那樣聰明，你們為什麼笑呢？」

全班同學笑得更厲害，包括我，因為胖胖的班長看來像豬一般可愛。

「豬一定是又肥又蠢啊。」同學舉手道：「媽媽說我蠢得像豬。」

　　另一同學舉手問：「老師，你知道豬八戒的死因嗎？」

　　老師認真回答：「《西遊記》寫豬八戒跟師父和師兄弟完成任務，位列仙班，怎會死呢？」

　　同學坐在座位說：「老師，豬八戒是蠢死的。」

　　還有同學笑說：「豬都是蠢的。」

　　全班大笑起來，我讀小學的時候，就是喜歡跟同學一起笑，無論好笑與否都笑。不過，第一次聽到同學說豬八戒是蠢死，確實覺得好好笑。

　　「大家靜一靜，豬的智商在動物界數一數二高，以後別說豬蠢了。」老師笑說：「至於豬八戒，如果他真是蠢，唐僧怎會收他為徒弟呢？記得智力題嗎？我們要做聰明人，從不同角度思考問題呀。」

　　全班同學還在笑，不過，大家似乎明白多一點。

　　「別再笑了，讓余正堂同學讀出他的作文，大家都

聽聽。」老師説。

我站在黑板前一陣子，跟大家一起笑豬八戒是蠢死的。細想起來，只要從另一角度看同學的笑，其實也沒有什麼大不了。如果同學取笑我做護士，我沒有理由生氣啊。

我清清喉嚨，重新開始讀：「我長大後要做護士，因為護士可以幫助病人，護士可以減輕病人的痛苦，護士可以幫助病人的家人，護士很好，我長大後想做護士。」

「大家覺得怎樣？」老師問：「有意見嗎？」

「有呀！」班長舉手問：「余正堂的夢想職業為什麼不是醫生呢？」

「醫生收入比護士高呀。」同學坐在座位低聲説。

鄰座同學舉手説：「醫生都可以幫助人的，余正堂為什麼不做醫生呢？」

老師帶笑望向我，我説：「醫生太忙了。」

「護士都好忙。」班長説。

「你是否遇過好護士呢？」老師轉頭問我。

我大力點頭，說：「是啊，有次媽媽要去急症室，爸爸緊張得不得了，我好害怕，沒有人理會我……」

說到這兒，我又想哭了。

「每個小孩遇到這樣的情況都會害怕的。」老師溫柔道。

「老師，上次外公入醫院，媽媽說小孩不能跟隨他們去急症室的。」同學舉手問。

老師示意我回答，我深深吸一口氣，說：「爸爸說，我年紀小，他獨留我在家是犯法的，所以，他要帶我一起送媽媽去醫院。」

「你在醫院遇到什麼事呢？」老師問。

「我怕得想哭，又不敢哭，而且好擔心媽媽……」我說。

「然後呢？」老師輕拍我的肩膀，鼓勵我說下去。

「然後呢，有個穿藍色制服的男人蹲下來跟我說，不要害怕，他帶我去爸爸那兒，跟爸爸說帶我去餐廳吃

飯。」我説。

「不能跟陌生人走啊。」同學説。

「藍色制服的男人是護士哥哥呀。」我連忙説。

「護士哥哥帶你去吃東西，真是好人。」同學説。

「是啊。」我説：「爸爸後來告訴我，那個叔叔是剛下班的護士，他換過制服就帶我去吃東西，然後，坐在那兒跟我説不用害怕，不要再哭了。一直等到爸爸來餐廳找我，他才回家。」

「護士哥哥真是細心。」老師説。

我大力點頭，老師示意我返回座位，然後説：「許多同學寫長大後要做醫生或律師，你們真的想做嗎？我選余正堂同學出來朗讀他的作文，因為他寫得真實，他長大後真的想做護士，作文和做人一樣，真摯感情永遠打動人的。」

聽到老師的讚賞，我好高興，跟自己説我一定要做個好護士，我要照顧病人和病人的孩子。

媽媽生病以後，爸爸經常要陪媽媽去醫院，往來醫

院的路有許多樹，我希望有天可以跟爸爸媽媽在樹下散步，不是乘車去醫院匆匆經過，可惜，這是永遠不會實現的幻想。

爸爸有天跟我說：「媽媽要住在醫院一段時間，我送你到嫲嫲和姑姐那兒住一陣子，待媽媽出院後，我們可以接你回家的。」

「我不要，我要在家裏等媽媽回家。」我想哭又不敢哭，只好像作文一樣，將心裏的話說出來。

爸爸眼圈一紅，竟然流下眼淚，我很害怕，我從來沒有想過爸爸會哭的，連忙說：「爸爸，我會乖的，你讓我在家裏等媽媽回來吧。」

爸爸轉身走開，我聽到他去洗手間洗臉，然後，他走到我面前蹲下來說：「爸爸要上班，不能讓你獨留家中，犯法的，爸爸坐監怎辦？」

爸爸說入獄時還做出坐監的樣子，看見爸爸仍想逗我笑，我只好笑起來。

「正堂乖，待媽媽回家後，我們會接你回家的。」

爸爸説。

然後，媽媽沒有再回家了。

爸爸要帶同媽媽去外國醫病，我在嫲嫲的家裏住下來，在嫲嫲住所的那一區升讀中學。

爸爸和媽媽離開足足兩年，他們起初每日都跟我在網上閒聊，後來只有爸爸跟我聊天。

爸爸獨個兒回來後，住在嫲嫲家裏。姑姐結婚後搬走，爸爸正好住在她的房間，我繼續在客廳睡覺。

爸爸沒有上班，整天在家裏呆坐。

嫲嫲有天跟我説：「你專心讀書，別理會大人的事，讓爸爸靜一下吧。」

「嫲嫲，媽媽呢？為什麼沒有人提起媽媽呢？」

「她去了好遠好遠的地方。」嫲嫲説。

我的眼淚不由自主地流下來，我哭着問嫲嫲：「媽媽死了嗎？」

嫲嫲輕歎一聲，點點頭，然後將我抱入懷裏，沒有説話。

我抱住嫲嫲放聲大哭，許久沒有見過媽媽，他們沒有理由不讓我見媽媽的。

　　嫲嫲好像知道我的想法，將我推開一點，捉住我的肩膀說：「這是你媽媽的意思，疾病將她折磨得面目全非，除了丈夫，她不願見任何人，尤其是你，她希望你永遠記得年輕美麗的媽媽。」

　　即使當時不大明白，我依然點頭示意明白。

　　嫲嫲笑了笑，我知道，那是語文堂教過的詞語「苦笑」。讀書的時候知道是苦和笑兩個字組合，待我真正看見苦笑的時候，才知那是多麼痛苦的笑，那種苦楚彷彿從嫲嫲臉上的每個毛孔滲透出來。

　　我沒有想過以後不能再見媽媽，幸好媽媽寫了一封信給我。

正堂乖仔：

　　媽媽要走了，媽媽希望你知道我永遠愛你，無論怎樣，我永遠支持你的決定。

爸爸和我希望你健康快樂成長，我們不要你掙很多錢，不要你很有名氣，只要你做個正直善良的人，善良是一種選擇。

永遠永遠愛你的媽媽

自有記憶開始，媽媽經常生病，但她總是那麼美麗，我知道她會支持我做的所有事情，因為我聽媽媽的說話，我選擇善良。

升讀大學的時候，我選擇修讀護理系，不少朋友問我為何不讀醫科，我重複回答無數次：「我想做護士。」

爸爸和嫲嫲都支持我的決定，即使課程並不輕易，我仍可以輕鬆愉快完成護士課程，順利到醫院做護士。

我總是想起老師的智力題，因為我的女朋友張美儀是醫生。她是我的小學同學，她比我更喜歡說起當日的智力題。如果我們結婚，我們的孩子就有護士爸爸和醫生媽媽。噢，我想得太遠了。

我有幾個護士朋友到異地窮鄉僻壤服務，她們決定為窮困的孩子做更多事，希望給孩子更光輝燦爛的未來。我記得媽媽要我選擇善良，於是主動要求跟她們一起前往服務。

　　我們為當地的孩子成立足球隊，收集二手足球鞋，為他們訂製球衣。一年後，大家決定成立小規模的非政府慈善組織，為更多窮孩子補習英文，讓他們得到更多機會。

　　我們一次又一次帶備物資出發到異地，我差不多將所有假期都用在那幾條窮到難以生活的村落。

　　經常有人批評我們為何不幫助自己城市的窮人，卻要走到老遠為其他族裔的人瞎忙，出錢出力幫助他們，無視城市陰暗角落的窮人艱苦營生。

　　我難以說出簡單的答案，我只是認為我應該這樣做。況且，我不介意別人的批評，只為女友對我的誤解而失望。

　　「我欣賞你經常行善，不過，這個城市有那麼多人

需要幫助，幹嗎要飛去幫其他呢？」女友有天問。

聽到其他人的質疑，我不會失望，但我一直以為女友會支持我，沒有想過她會這樣問我。

「在我們的城市生活，最窮的人仍可找社會工作者幫忙，慈善機構也多，還有政府福利。即使有些長者不願申請綜合援助，寧願撿紙皮去賣，他們仍可選擇接受社會福利，但世上有些窮人無得選擇啊。」我說。

「有些長者幾十年前買個唐樓單位，他們並非不願意，而是不能申請政府福利，唐樓要保養維修，支出很大，除了少許積蓄，只能繼續工作或撿紙皮維生，他們需要幫忙啊！」女友說。

我無法反駁女友的說話，她是對的，每個城市的人能夠互相幫助已經很好。然而，富裕社會總有人有心有力幫人，但在窮鄉僻壤，想幫助人的也是有心無力。

「你生氣嗎？幹嗎不說話？」女友帶笑問。

「你說得對，但我沒有錯，我只是聆聽自己內心的聲音，去做我認為應做的事。」我笑說。

女友輕輕一笑，說：「你做你認為應做的事好了，儘管我不認同。」

「遲點有假期，我會跟另一班朋友服務這兒的長者，他們努力工作數十載，促進社會繁榮的一分子，即使沒有直接繳稅，間接付出的稅款也不少。政府收取稅項，就是要為弱勢社羣設立安全網，有需要的人不願申領綜援，難道留給騙徒去騙取綜援？」我說。

「誰愛聽你長篇大論？你有時間多點休息。」女友笑說。

「可惜，能力和時間有限，只能幫助最需要我的人。」我望向女友說。

她嫣然一笑，正想說話的時候，接到醫院召喚，朝我無奈一笑，匆匆趕回醫院。

我們志同但道不合，女友和我一樣樂意幫助弱勢社羣，她在假期會跟朋友義診，我就到異地教育別國的孩子。由於工作繁忙，又要輪班工作，我們很少一起放假，各自放假時又忙於做義工，以致我們相聚時間有

限，幸好感情有增無減，因為我們都是選擇善良，大家的心是如此接近。

我和護士義工團隊想給村落的孩子夢想，沒料到這次行動讓我和女友更了解對方。

有兩個孩子的願望是送一張二手輪椅給老師，讓我認識他們的老師齊樂兒。她被車撞倒後無法好好醫治，大腿血洞不能埋口，兩年來躺在牀上不能走動，只能拖動土法炮製的椅子落牀做家務。

兩個孩子希望我們可以送齊樂兒一張輪椅，我跟女友商議後，決定給齊樂兒健康的雙腿，讓她再次走路。

過程比我想像中困難得多，幸好得到女友的醫生團隊幫忙，多次手術和多個月治療後，齊樂兒終於可以用拐杖練習走路。女友願意跟我去窮困的村落探望她，還可以看看我們組成的多隊足球隊。

女友第一次到達村落，看見孩子滿足的笑容。她漸漸明白不同地區需要不同的服務，跟我說：「我終於理解你所做的。」

「怎樣？」我得意洋洋說。

「我們的城市沒有人為飢餓痛苦，在那些村落，給孩子美味的食物，他們就開心。在我們的城市，給他們食物，他們不會開心，反為其他問題煩惱。」女友說。

「村落的孩子都會問人生是否公平了。」我說。

「不公平呀，你有可愛優秀的女朋友，而我有的是固執如牛的男朋友，你說公平嗎？」女友問。

「公平，」我笑說：「反正我們都是人，公平呀。」

我相信人生是公平的，如果覺得不公平，就努力讓社會變得相對公平。我是這樣想，相信女友的想法也是這樣。我們這樣的醫生和護士有孩子的話，他們更要努力維護相對公平。

我的夢想就是世界彰顯公平公義，希望有天可以成為事實。

女友第二次到村落服務，齊樂兒已經可以走路，只是比別人走得艱難，步姿也不好看，因為有一條腿稍稍短了一點。然而，她始終可以用自己雙腳走路，連拐杖

都不必使用。

女友喜歡玫瑰，但我從來沒有買花，女友說：「你明知我喜歡玫瑰，為何沒有行動呢？」

我說：「我行動多年了，你的雙手還有玫瑰的芬芳啊。」

「沒有，」女友不解問：「你什麼時候送花？我不知道啊。」

「不是我，是我們。」我說：「我們送齊樂兒再次走路的腳呀。」

「你說到哪兒？」女友佯裝生氣說：「我完全不明白啊。」

我笑說：「授人玫瑰，手餘芳香啊。」

我們心中都有玫瑰盛放，臉上自然泛起幸福笑容。

✦ 第六章　盼望的笑容 ✦

清晨的陽光灑進室內，一道光線照在阿金的臉上，顯得他的笑容更清晰，夢裏的阿金贏得夢想成真徵文比賽第一名，得到一千美元獎金，讓他打從心裏笑出來。

陽光移到阿金身上，他終於從夢中醒過來，望向天花板發呆一陣子，然後起牀梳洗。

阿金是家裏最早起牀的，因為父母在夜市工作，很晚才能回家。

桌子上有媽媽昨晚準備的早點，阿金吃罷，開始拿明信片去古城入口叫賣。

阿金還在回味美夢，如果他有一千美元，他會給爸媽，讓他重新讀小學的。可是，現實是他仍在叫賣一美元一套的明信片，他的人生故事沒有驚喜的情節。

義工跟雙語導遊聯絡，得到阿金的地址，然後給狄

安和潘克，好讓他們通信聯絡。

　　阿金收到狄安寄來的第一封信，驚喜不已，至今仍可背誦那封信的內容。

阿金：

　　我是狄安呀，我寫信給你，想告訴你有個夢想成真徵文比賽，題材和語言不限。義工姐姐說，我們只要寫夢想就可以。

　　我和潘克都會參加，你都可以參加的。

　　義工哥哥說，他會參加呀。

　　徵文比賽分公開組、中學組、小學組和失學組。義工哥哥說，他極力爭取失學組，好讓失學的人都有機會參加。我媽媽沒有讀書，她都參加，她說出來，由我代她寫的。

　　我的弟弟參加小學組，齊樂兒老師參加公開組。任何人都可以參加，你可以叫阿明參加的。

義工哥哥說，徵文比賽是公平的，寫得最好就可以得獎。每組有一個冠軍，冠軍有一千美元，真的，還有其他獎項的。

　　隨信附上詳情，你可以去網吧找人寫稿，網上投稿都可以，全世界的人都可以參加呀。

狄安

　　阿金起初沒有理會，後來收到潘克的來信，內容差不多的，也不理會。

　　有天生意淡薄，阿金看見阿明坐在那兒，好像一疊明信片都賣不出，走到他身旁坐下，休息一會。

　　「如果有一千美元就好了。」阿金自言自語道。

　　阿明望向他，一臉不解。

　　「有個夢想成真徵文比賽，任何人都可以參加，還有失學組，給我們這類沒有機會讀書的人參加，可以說出來，由別人代寫。」阿金說。

阿明默默聆聽。

「每組冠軍都有一千美元，如果我有一千美元，我可以讀書，還可以……」阿金沒有説下去，歎了歎氣，覺得休息夠了，準備走回原本的位置，繼續叫賣。

「我想參加！」

阿金聽到有聲音説，以為自己幻聽。

「我想參加呀。」

阿金看見阿明在説話，嚇得跌坐地上，驚訝問：「你不是啞巴嗎？」

「不是。」阿明隨口答。

「不是啞巴，為什麼多年來沒有説話？」阿金震驚不已。

「沒有話想説。」阿明平淡説。

「你會走路嗎？」阿金望向他的空空腳管説。

「別玩了，我的腳早被炸掉。」阿明説。

「你為什麼假扮啞巴？」阿金不服氣問。

「我沒有假扮啞巴。」阿明説。

144

「你沒有說話呀。」阿金說。

阿明不再說話。

阿金生氣起來，站起來要走，阿明大聲說：「我想參加徵文比賽，真的。」

阿金依然覺得阿明欺騙他，但阿明確實沒有假扮啞巴，他只是不說話。阿金看見阿明渴求的眼神，心軟起來，說：「明天給你資料。」

「謝謝。」阿明說。

「你要口述，找人代寫嗎？」阿金問。

「不用，我識字的。」阿明說。

「你怎會識字？」阿金好奇問。

「我爸爸在家教我讀書寫字的，我是失學，但我不是文盲。」阿明平淡說。

「我只讀過兩年小學，我要找人代寫。」阿金說。

「我可以幫你的。」阿明說。

阿金呆了一呆，他以為只有他有能力幫助阿明，沒料到阿明可以幫助他。

「好呀，我們明天開始寫作。」阿金説。

阿金在休息的時候都跟阿明寫作，四周的人才知道阿明並非啞巴。不過，阿明依然沒有叫賣，只是等候遊人走近，他們買明信片後，阿明同樣給他們微笑示意。

「你為什麼不願説話呢？」阿金再問。

阿明沒有回答，只是望向遠處。

阿金不知道阿明的作文內容，但阿明知道阿金的，因為他是代筆。

阿金説出來，阿明代寫的參賽作品是這樣：

個個叫我阿金，阿金是我的名字。

我的夢想是做足球員，我喜歡踢前鋒，喜歡攻門。

我最喜歡的球員是美斯，我有件十號球衣，那是爸爸送給我的，爸爸和我都喜歡看足球比賽。

爸爸和我會看電視轉播的足球比賽，他的夢想是去球場看足球比賽，任何球場和任何比賽都可以。

我每日叫賣明信片，每日都要工作，每一日都要，我希望可以讀書，讀書不用日日上學，放學可以踢足球，我好喜歡讀書。

我希望可以做個能夠讀書的足球員。

阿明將兩篇稿交給阿金，一篇是他的參賽作品，一篇是為阿金代筆的參賽作品。阿金將兩篇文章一併寄出，自此以後，阿金經常夢到他得到一千美元，不但可以讀書，還可以跟爸爸乘車去球場看足球比賽。

最美麗的夢都是夢，始終有夢醒一刻。

阿金如常叫賣，看見導遊走近，以為有好消息，以期待的神情望向他。

導遊說：「有個外國義工通知我，徵文比賽公布結果了，他要我跟你說聲，你的參賽作文落選了。」

太陽依然在頭頂曬下來，阿金的內心卻是狂風暴雨，他以為有獎的，起碼有安慰獎的。

「阿明呢？」阿金問。

「不知道，義工沒有說。」導遊說。

「謝謝你通知我。」阿金沮喪道。

「頒獎禮有網上直播，你要看嗎？」導遊說。

「我想看，但，可以怎樣看呢？」阿金問。

「那個下午，我有預約，不過，我可以借手機給你看直播的。」導遊說。

「你信任我？不怕我拿走你的手機？」阿金問。

「我信任你。」導遊語氣堅定說：「我更信任自己的眼光，況且，我認識你的父母和師傅，你以為可以拿走我的手機嗎？」

阿金吐吐舌頭說：「說笑而已。」

導遊說了頒獎禮時間，阿金點點頭，望向阿明，打算到時跟阿明一起看，他自然知道結果，不必他提早讓阿明失望。

阿金知道一千美元獎金無望後，每天更加努力工作，希望儲到足夠的錢，可以再讀小學。

在頒獎禮的下午，導遊將手機遞給阿金，說：「你

這樣看就可以，我遲點取回手機。」

阿金道謝後，走到阿明身旁坐下來。

阿明望向他，阿金說：「徵文比賽的頒獎禮，我們一起看吧。」

阿明的眼神暗淡下來，沒有人通知他領獎，代表他早已落選了。

阿金將手機放在兩人之間，看見頒獎禮剛開始，先是小學組的得獎人，然後是中學組。阿金看見狄安上台領獎，他得到優異獎，有獎狀和十美元獎金，狄安的文章題目是「爸爸的微笑」。

緊接而來的是公開組頒獎，冠軍是齊樂兒，她穿上紅色汗衫和黑色長褲領獎，領取獎狀和獎金後就致辭：

「各位女士、先生，午安。

得到這個獎項，對我來說是夢想成真，這個世界永遠有公平一面。

我在車禍受傷時，曾經感到絕望，以為一輩子就這

樣完了。幸好，媽媽沒有放棄我，我的朋友、老師和學生都沒有放棄我，還有一羣善心的醫護人士和義工的幫忙，讓我可以重新站起來，讓我還有精彩的人生。

當我失落的時候，剛巧看見一段新聞，給我很大的鼓勵。

在澳洲，最高額獎金的文學獎「維多利亞總督獎」公布得獎名單，一位名為布加尼的難民同時獲得文學獎與非小說類兩項獎，但他不能親自領獎，因為他被拘禁在難民營，沒有行動自由。而他獲獎的自傳，就是描述他這段形同囚犯的六年歲月。

布加尼的難民營網路通訊欠佳，個人物品經常被搜索檢查，令他無法好好寫作，只能利用手機Whatsapp寫下隻字片語傳送到外界，逐句逐句完成他的作品。那個獎項原本頒發給澳洲公民，布加尼沒有公民身分，但評審委員欣賞他的作品為他破例。

看罷這段新聞，我知道我寫作遠比布加尼容易，我不用偷偷寫作，不用斷斷續續思考，至此，我明白自己

再沒有時間嗟怨命運，我要加倍努力，才能夠成為更好的自己。

感謝大會給我一千美元獎金，我會留待讀大學時使用。現階段要努力讀書和教學，待我考獲獎學金後，就可以升讀大學，畢業後，我會繼續教書，期望我們的村落有更多孩子可以上大學。

我身上的汗衫是學生狄安的，原本並非紅色。我被汽車撞倒後，狄安和潘克最先發現當時全身流血的我。狄安脫下身上的汗衫為我止血，汗衫很快變成血紅色，無論我洗多少遍，汗衫還是紅色的，就如大家看見的。

這件汗衫提醒我是幸運的，我們身邊總有愛護自己的人，無論比我們年長的，抑或比我們年幼的，我們的世界充滿愛。

感謝評判給我冠軍，更感謝在我受傷的時候幫助我的人。除了我先前提及的人外，還有我不認識的兩個陌生的車伕和第一個幫我包紮傷口的醫生。

我們的夢想不會無緣無故實現，要夢想成真，就要

加倍努力。此刻，我夢想成為教育家，我會朝這條路一直走下行，即使我雙腳不靈活，走得比別人慢，我都會走下去的。

　　謝謝大家。」

　　齊樂兒致辭後，向觀眾席躬身致謝，然後，保持微笑，自己一拐一拐離開，全場掌聲雷動。

　　阿金看得很感動，望向阿明，只見阿明眼泛淚光，阿金連忙將視線放回手機之上。

　　最後到頒發失學組，所有領獎者上台領獎後，司儀宣布：「冠軍的資料失佚，雖然不符合我們的要求，但文章寫得實在太好，評判團決定破例，我們會等候得獎者聯絡大會領獎的。」

　　全場愕然，司儀繼續說：「我們請中學組冠軍同學朗讀這篇文章，希望作者或認識作者的人知道後，主動聯絡。」

　　中學組冠軍是個稍胖的女生，阿金記得她寫的題目

是「希望世上再沒有歧視」，現在見她站在台上，氣定神閒朗讀。

聽罷朗讀，阿金望向阿明，只見他不斷流淚，阿金知道冠軍得主是阿明，也許他寄稿件的時候，忘記寄上阿明的資料，或在入信封時遺失。不過，一切已經不重要，重要的是阿明得到冠軍了。

「阿明，恭喜你。」阿金由衷恭賀。

阿明點點頭，沒有說話。

「你開心嗎？」阿金問，隨即知道自己的問題愚蠢，只見阿明展現愉快的笑容。

阿金還想說話，但不知道說什麼才好，給阿明大大的擁抱，阿明讓他明白，愛是最大的權力。

導遊走近，看見阿明在哭，緊張問：「阿金，你欺負阿明嗎？」

「不是，阿明得到失學組冠軍。」阿金說。

「真的？」導遊驚訝問。

「真的。」阿金說：「請你幫助他聯絡大會，也許

我寄信時遺失他的資料。」

「恭喜你，阿明。」導遊説。

阿明望向導遊，示意感謝。

阿金沒有問阿明怎樣使用一千美元，儘管他非常好奇。他只是為阿明高興，阿明的人生將有更多選擇。

阿金繼續站在街頭叫賣明信片，不過，心裏舒服多了，因為他看見世上有公平一面。

阿金雖然輸掉徵文比賽，但是聽過阿明的文章，他認為自己落敗是公平的，評判給阿明冠軍同樣公平，阿明的夢想是世界和平，他寫得很感人，在失學組贏得冠軍是公平的。

「我是沒有名字的人，在炸彈爆破的一刻，我就沒有名字，無論我怎樣去想，已經想不起我的名字。

那一年，我六歲，我和幾個好朋友在外邊玩耍，有個大哥哥發現有趣的玩具，他拿起來，大人才知是炸彈。我聽到大人瘋狂叫喊，好像叫他將手上的炸彈擲向

遠處，但炸彈爆炸的聲音已經混和在大人的叫喊聲中，我在巨響那刻失去知覺。

醒來的時候，我不斷喊媽媽，但沒有人理會我。後來才知道，有人送我們去醫院，幾個好朋友被炸死了。只有我活下來，但我已經失去雙腳。

我的父母沒有來看我，有個男人收養我，他給我新的名字，他喚我阿明。

爸爸在戰爭失去雙腳，他是我最親的人，他是我的爸爸，雖然沒有血緣關係，但他是疼愛我的，他是我的爸爸。

爸爸教導我不要怨恨，不要怨恨發動戰爭的人，因為戰爭傷害所有人，包括發動戰爭的人。爸爸教導我不要怨恨遺棄我的父母，他們也是可憐的。爸爸教導我不要怨恨看不起我們的人，因為他們有自己的煩惱，我們不會看不起別人就可以。爸爸教導我不要怨恨任何事，每一日都要愉快度過。

爸爸教我讀書識字，但他長期生病，無法工作。由

我七歲開始，他每天用輪椅送我去古城門口賣明信片。

我熟悉每張明信片，所以知道古城宏偉美麗，可惜，無論古今，人類就是喜歡戰爭，愛好掠奪，任由貪念毀滅一切。

我的夢想是世界和平，我知道全世界的人都會取笑我，認為我是傻瓜。不要緊，我不會跟任何人說的。

世界和平並非廢話，只要每個人約束自己的貪念，拿取自己應得的，世上自然沒有紛爭、沒有戰亂、沒有掠奪、沒有流血……

爸爸和我一無所有，我們沒有住的地方，爸爸的輪椅就是我們的家。我們沒有親戚，我們沒有朋友，我們不知道可有錢吃下一餐飯，我們不知道晚上可以在哪兒睡覺，我們沒有上班或上學，我們什麼都沒有。不過，我愛爸爸，爸爸愛我，我們是幸運的。

愛是最大的能力，擁有愛即是擁有最大的能力，我會用愛去改變世界。我的夢想是世界和平，我會努力實踐我的夢想。」

後記

✦ 幸運的笑臉——關麗珊 ✦

如果你看過《闖進山洞的泰國少年》，自然知道這本小說同樣以真實事件為藍本創作，看罷這個故事，你認為哪些段落是真人真事呢？

如果你沒看過《闖進山洞的泰國少年》，不要緊，這本小說是美好的開端，可跟你一起走進虛實交融的魔幻世界。

小說背景是真的，齊樂兒的故事由幾個個案綜合而成。醫護人員組成的志願團體走到窮鄉僻壤教孩子讀書，由於逗留時間有限，就讓中學生繼續教導小學生簡單英語，兩名小老師就在返學校途中遇上車禍，名牌汽車司機只給她們少許錢，然後離去。

當地窮人無法控告有錢人危險駕駛，有些人連錢都不付，撞倒人後絕塵而去。義工出錢出力送兩個小老師去首都醫院治療，包括整容，以免她們的人生因臉上疤痕而改變。

義工為村落孩子組織足球隊，由一條村落開始發

展到服務多處村落。有天收到孩子來信，希望因車禍受傷的少女得到幫助，她因家貧無錢求醫，躺在家裏兩年，任由傷口惡化，夢想得到二手輪椅，讓她出外曬曬太陽。

他們決定送給少女再次走路的機會，醫生發現少女的傷口嚴重潰爛，再拖延的話，她的雙腳就保不住。萬一沒錢截肢，傷口壞死致細菌入血，很快令人死亡。

少女在年初接受多次手術，開始學習用拐杖走路，始終要她努力練習，才知道她可以走多遠的路。

此外，狄安去餐廳食飯嘔吐是真的。許多孩子想試食肆美食，第一餐卻吃不下。好像有些住在新市鎮的香港兒童，不曾乘車到市區去，首次乘搭長途巴士即嘔吐大作，因為，他們不能適應。

人人喜歡安逸舒適的生活，總覺別人得到更多，忘記別人有別人的快樂與哀愁。即使有同樣機會，你能否做得比別人出色呢？

阿金和阿明同時參加失學組徵文比賽，阿明並

非贏在幸運，而是贏在喜歡讀書和寫作，他習慣創作，自然比阿金寫得好。

要是沒有同等機會，你可以創造機會嗎？

余正堂原本沒有機會幫助他人，那是他主動參加醫護人員創辦的慈善組織，給予自己服務他人的機會。

潘克和狄安就如世上千千萬萬個懶散的小學生，他們以不同藉口拒絕努力，既不願辛勤工作掙錢，又不想努力讀書⋯⋯假如他們不願改變，兩人會變成怎樣的少年呢？

不夠幸運的孩子如樂兒和阿明可在小說願望成真，現實一樣如是。

每個人付出努力必有成果，即使有人送你追逐夢想的翅膀，你仍要努力學習飛翔。

這是關於幸運的故事，我們可以閱讀小說，已經比全球佔近一半人口的文盲幸運。幸運就如滿懷玫瑰，不妨跟人分享，簡單如對人展示笑容，足以讓人感到愉快，世界會因你的微笑而變得更美麗。